間宮改衣

ここは
すべての
夜明けまえ

早川書房

ここはすべての夜明けまえ

1

二一二三年十月一日ここは九州地方の山おくもうだれもいないばしょ、いまからわたしがはなすのは、わたしのかぞくのはなしです。ほんとうははなすじゃなくてかくだけど、一〇一年まえにおとうさんがわたしにかぞく史をかいてほしいっていったのはこれからかぞくがひとりひとり年をとって死んでいくんだけど、ゆう合手じゅつをうけてながいじかんをいきれるわたしはやることがなくてひまだろうから、かぞくが死んでいくそのつどそのつどこつこつかいていくといいよひまつぶしにねってことだったのですが、わたしはかくよりもおしゃべりのほうがずっとすきでついさい近までシンちゃんがいてくれたからずっといろんなことをシンちゃんにおはなししてたのしかったので、かぞく史のことはすっかりわすれてました。でもシンちゃんもこのあいだ死んでわたしのはなしをきいてくれるひとがだれもいなくなってつまらなくってどうしようとこまっていたら、かぞく史のことをおもいだしたんでした。わたしのあたまにはゆう合手じゅつをうけたときにメモリがいれられているからいろんなこと、人間だったときのこともふくめてどういうしくみでおもいだす、つまりどうやってメモリから記おくをとりだしてるのかはあんまりわからないけど、あーそういえばそんなこともあったなって映ぞうや画ぞうがぽんとうかんでくるかんじです、人間のときとかわらないきもするけどぜんめいさがけっこうちがうかもですぜんぶ写真みたいにせいかくにうつってる、だからおもいだすとはちがうんだろうなやっぱりとりだすなんだろうなこれは。そんなふうにしてとりだされる一〇一年まえのおとうさんはなつかしい、死んだときよりずっとわかくみえる、死んだときのおとうさんの画ぞうとくらべてみるとたった五年のあいだでがりがりにやせたとかかみの毛なくなったとか肌の色がくすんだとかいろいろあるけどなにより目がぜんぜんちがいます、しょう点みたいなのが合ってるおとうさんと合ってないおとうさんです。死ぬときはもうわたしとおかあさんの区べつがつかなくなってました、わたしのかおはおかあさんにそっくりなんだそうで、でもわたしがうまれたときに死んだからおかあさんの記おくだけはありません。

ほかのかぞくの記おくはぜんぶあります。おとうさん、こうにいちゃん、まりねえちゃん、さやねえちゃん、それからずっといっしょにいて、わたしのこいびとだったシンちゃん。シンちゃんはさやねえちゃんのこどもでおいっこでもありました。家のコンピューターやたん末はもううごかないからこれは手がきです、なにかを手でかくなんてなん十年ぶりでしょうわたしの文字ってこんなんだったんだなあとふしぎにおもいます、マシンの手だからつかれないのはいいことです、でもいまマシンでかいたのは機械の画すうがおおくてつかれなくともめんどくさいからです、めんどくさいものはだいたいひらがなでかいてしまおうとおもってます。

おしゃべりができなくてさびしいです、ほんとうはだれかとしゃべりたい、でもたぶん人間はいろいろあってもうみんな死んですくなくとも家のまわりにはだれもいないから、しゃべるようにかけないかやってみようとおもってます。紙は家中からかきあつめました、いがいとあるものです。おとうさんが死んだあとにたてかえて七十年ちかくシンちゃんとすごしたこの小さな戸だてはびっくりするくらい古びもほろびもせずにそれはわたしにもいえることでテクノロジーってやっぱりすごいんだな機械とか技術とか、漢字にすると画すうがおおいのだけがなん点です。

後悔も画すうがおおいな、いろいろな、後悔もかいていったらなっとくできるかな、わたしは人生をどうしようもなかったって。

ほんとに?

そもそもわたしがゆう合手じゅつをうけることになったのは、死にたかったからでした。

たべるのもいやねるのもいや！

なんてのは赤ちゃんとか二才のこどもがいうことで、シンちゃんも二才くらいのころなにもかもいやがってそれなりにたいへんでした、でもおおきくなるにつれていろいろなものをすききらいせずにたべられるようにながいじかんねむれるようになって、すこしずつ人間になっていきました。そうかんがえるとわたしはどっかで人間になりそこねたのか、たべることもねむることもずーっときらいでした、たべものじたいにすききらいがおおかったとかじゃなく、なにかものを口からたべて胃にいれて排せつするそのかていみたいなのがぜんぶいやでした、くるしいからです。口の中であじわってるときはまだいいんだけど、のみこんでおなかに入るとおもたくなってくるしくなります、おへその下がぼこってなってさながら妊しん五か月みたいにたべるたびになりました、ひどい胃下すいでした。それでくるしくなってトイレで吐くんだけどトマトパスタの甘ずっぱいのもカレーの甘辛いのもチョコレートの苦甘いのもしいたけのうま味も、おいしいなすきだなっておもったたべものは口からもどすとぜんぶ胃えき味になってのどがやけるかんじがしておえーって吐きながらなみだがでます。おとうさんがいつも心配してくれたけどわたしはだいじょうぶっていいながらじぶんのへやのベッドでよこになります、そしたらちょっとうとうとはするんだけどだいたいそういうときにみるゆめは、きまってトイレにいきたくてさがしてるゆめでやっとみつけたとおもってもすごく汚かったりして入れない、どうしようどうしようっておもってるうちに目がさめます、で、家のトイレでだすものだしてすっきりしてとけいをみたら一じかんしかたってなくて、そしたらわたしはもうそのあとぜったいにねむれないんでした。ベッドにあおむけになって目をつぶってもねむれなくてだんだんあたまがいたくなってくる、なんとかねてもへんなゆめばかりみてかえってぐったりして昼と夜はなんども逆てんしてそれは十才とかそのへんからそうで学校にもいけなくなって、そのときこうにいちゃんもまりねえちゃんもさやねえちゃんも成人して家にはいなくておとうさんしかいない、病いんに行ってもこれはもう体しつ的なものだからてきどにうんどうしたりしてくださいね、とんぷくの吐き気止めだしておきますねでおわり。はたらいたりとかできるわけもなくおとうさんからむりしてはたらかなくていいよ、おかねならたくさんあるからなにも心配しなくていいよっていってもらったからずっと家にいました。わたしの家はおおきくてひろくていわゆる地主の家系でいろんなところに土地をかしておかねをもらっていて、でもおとうさんはけんじつな性格でこのへんは山とか田んぼとか畑ばっかりの田舎だから毎日のしょくじもだいたいおとうさんがしゅ味で作ったやさいとか、たまに家にとどいたりする肉とか魚とかわたしのからだがあれだったのもあってすごいレストランで外しょくとかはしたことがなく、地味でしずかな生活でした。あんまりほしいものとかもなくわたしはおしゃべりができればよかったから、おとうさんを相手にえんえんおしゃべりしておとうさんはわたしのはなしをずーっとにこにこしながらうんうんってきいてくれました、ねむれてないからあたまがまわらなくておんなじことをおぼつかない口ちょうでなん回はなしてもかわいいねっていったり、つくってくれたごはんを毎回吐いてもおこらないおとうさんで、

本当に気持ち悪い親子だな。

いつの日か吐きすてるようにいったこうにいちゃんはそんなおとうさんがずっときらいでした、こうにいちゃんだけじゃなくまりねえちゃんもさやねえちゃんもおとうさんのことが、おとうさんだけじゃなくわたしのことがきらいでした。おかあさんは一九九七年わたしをうんだとき血がとまらなくなって死んで、こうにいちゃんは十八才まりねえちゃんは十五才さやねえちゃんは十才で、まだぜんぜんおかあさんがひつようなときに妹のせいで死んでしまったからわたしがきらいなんでした。とくにこう

にいちゃんとまりねえちゃんは、つーか父さんまだ母さんとセックスしてたんかよマジきめえってかんじでもともとおとうさんのことをけいべつしていて、わたしが成ちょうしてどんどんおかあさんに似てくるにつれおとうさんがわたしをねこかわいがりするようになって、さらにきもくなったようでした。

それでたべるのもねるのもいやな生活が十才ごろから二十代のぜん半までつづくとさすがにうつっぽく死にたくなっていろいろありけっきょくゆう合手じゅつをうけることになるんだけど、ふとおもいだしたからボーカロイドのはなしがしたいです。まどの外があかるくなってきたからいまはいわゆる夜明けまえ、でも夕やけみたいに空が赤くそまり、いまはほんとうのところ朝なのか夕方なのかわからなくなるけしきをまえにするとわたしのあたまはアスノヨゾラ哨戒班を自どうさい生します、メモリからとりだしてさい生するまでもなくもうなん百回なん千回なん万回ときいてきたからなにもしなくてもきこえます。

二〇一五年にいまはなつかしい YouTube にアスノヨゾラ哨戒班が投こうされたときわたしはまだたん生日まえで十七才、おとうさんがくれたノートパソコンでねむれない夜にだらだらいろんなどう画をみているときにまさに文字どおりはっ見したんでした。ＩＡというボーカロイド、音声合成ソフトウェアがうたうこの曲はわたしの心らしきもののまんなかをうち、歌詞もメロディもぜんぶぜんぶいい、すごくよすぎてずっときいていたい、三分もないとてもみじかい曲だけどきいていたらおもたいからだがういてどこまでもとおくにいけそうなかんじがする、ＩＡはソフトみたいだから作ったのは人間でだれがこんなすてきな曲を作ったんだろう?とおもってしらべたら名前はOrangestarさん、一九九七年うまれのおない年でびっくりしたんでした。わたしがだらだらといきてもないけれど死んでいるわけでもないみたいな、ちょっとたべて吐いてうとうとしておきてねむれなくてあーみたいなじかんをすごしているあいだにおない年のこのひとはこんなすごい曲を作っていたんだって。二〇一六年に投こうされたおなじＩＡがうたうDAYBREAK FRONTLINEもあまりによすぎてどっちも歌詞の内容が夜から朝にかけてきくのがぴったりでふたつの曲がそろってからは、ねむれない夜はだいたいアスノヨゾラ哨戒班とDAYBREAK FRONTLINEを反復よことびみたいにきいて、そしたらときどき今日みたいなほんとうにうつくしい朝やけがみられてそういうときはうまれてきてよかったってちょっとおもえたんでした。ふしぎなことにどっちも人間がうたういわゆる歌ってみたは半分くらいきいたらあきることがおおく、けれどＩＡがうたう原曲はおわるのがいやでもうずっとループしていたかった、がっ器でえん奏してみたとかは、はまればそれなりにききましたがさいごには原曲にもどってきます。アスノヨゾラ哨戒班をきっかけにほかのボーカロイドの曲もたくさんききました、v flowerがうたうシャルルやベノム、フィクサーもよかったな、初音ミクだとやっぱりヒバナとか砂の惑星とかテオとかブレス・ユア・ブレスとかわたしが十代こう半から二十代にかけてリリースされた曲がとくに印しょうにのこってます。ほかの一九九七年うまれはどうだったかな、ボーカロイドすきなひと、もしいきてたらはーいって手をあげてみてほしい、どの曲がいちばんすきかわたしにおしえてほしいです。でもきっともうみんないきてはいないからアスノヨゾラ哨戒班のさいごのフレーズ、

今日の日をいつか思い出せ未来の僕ら

ってなんだかわたしに向けてかかれたみたいだ。僕ら、の、らの音がどこまでものびていって母音だけになっていつまでもなりつづけるそれは人間にはぜったいにまねできない、わたしがやってみようとしてもすこしちがうかんじになってしまう。

うちの庭にはいまほぼなにもないんだけど、シンちゃんが四十年まえからそだてはじめたひまわりだけはいつもずっとさいてるかんじです、たぶんほんとはしおれたり枯れたりまたさいたりをくりかえしてるんだけど、わたしはシンちゃんほどひまわり

にきょうみがなかったからときどきみてさいてたらさいてるなっておもうだけ、あんまりじっくりみたりもしません、なぜなら中心のくろっぽいところがよくみたらぶつぶつしててこわいからです。日本はもうだいぶまえから四季がなくなってずっと夏みたいになって、ほかのたとえば桜とかの花がさかなくなりさくのはもともとあつい季せつにさいてた花それこそひまわりとかです、そういえばどこかのだれかが国花をひまわりにしましょうっていってちょっと話だいになったこともあったな。わたしはゆう合手じゅつをうけてからあついとかさむいとかの感かくもなくかいてきだけどシンちゃんはそういうわけにもいかなくて三月から十月まで仕ごと以外では外にでなくて、てき温にちょうせいされたへやのなかでずっとすごす、わたしは灼ねつ地ごくの八月でも外をさんぽしたいときはシンちゃんにきょ可をもらってシンちゃんは、こんな暑いのに平気なんて、——ちゃんはいいなあっていうけどわたしみたいにゆう合手じゅつをうけたかったとは一回もいったことがありませんでした。

そもそもわたしがゆう合手じゅつをうけることになったのは死にたかったからなんですが、もともとうけようとおもったのはゆう合手じゅつでなく自さつそちでした。自さつそちっていうのは正式には自発的幇助自死法に基づく安楽死措置っていってようは自さつそち、くすりをうったりせん用のマシンに入って自さつできるというやつでくすりでのそちは二〇一五年に、せん用のマシンでのそちは二〇一九年にみとめられてさいしょはいろいろ反対うんどうとかあったもののすこしずつうけるひとがふえてきて、くすりはときどきうまくきかなかったりしてかえってくるしむことになったひとがいたりしたんですが、せん用のマシンのほうは入ったら中のさん素のう度が一気にひくくなり、ねむるみたいにしてくるしまずにかくじつに死ねるというひょう判で、わたしもぜひこれで死にたいなっておもっておとうさんに相だんしたんでした。

あのときはほんとうにたいへんだったー。おとうさんがあんなにおこり、ろう狽し、泣いたりなんたりしたのはあのときくらいです。もちろん死ぬ三年まえくらいから認知症がすすんでおこったりわめいたりはあったけどそれは病気だからしかたがなく、あのときみたいなおとうさんのいきている人間の感情爆発暴発勃発とかそういうものではない、病気のせいでなにもわからなくなった人間がなにかちょっとしたことでおこったり泣いたりさわいだりとかはおわってみたらべつになにもこわくない、くすりとかもだいぶしん化して処方されたものをのませてあげたらよくきいてすぐねたのだし。でも病気なわけでないのにわたしが死にたいといっただけで、あんなにきずついたようすであばれまわる大のおとなをみてそのときはそれなりにおそろしかったな、わたしがいきてるてくるしかったことをだれより近くでみてしっていたはずなのに、はじめてしったみたいにおとうさんはわーってさけぶと台所にかけこんで、なみだとはなみずをだらだらだらだらながしながらわたしに包丁をつきつけたんでした。

どうしても死にたいなら、この手でおまえをころして父さんも死ぬ。

わたしはおとうさんしかおやがいなかったんでわからないんだけど、こどもがしにたいっていったらおやは包丁をもちだしたりするものなのかな、わたしはそんなにもわるいことをいったのかな？

ちがうよ、とあたまのなかでシンちゃんがいいます。

じいさんは、たぶんずっとおかしかったんだ。——ちゃんのおかあさんが死んでからずっと。でも——ちゃんのおかあさんが死んだことも、——ちゃんのせいじゃない。ぜったいに。——ちゃんはわるくないよ。おれは何回でもいうよ。——ちゃんがわるかったことなんて一度もないよ。

このときシンちゃんはいつもわたしを抱きしめていてわたしはありがとう、うれしいっていってうでのなかからぬけだす、背のたかいシンちゃんはわたしをみおろして、もういちどわたしのうでをひっぱって抱きしめてくれます。

でも——ちゃんがそのとき死ななくて、ずっといきててくれたのはほんとうにうれしい。こっちこそ、ありがとう。

わたしはシンちゃんの胸に耳をおしあて心ぞうの音をきく。で、しばらくしたらシンちゃんありがとうってもういちどいってうでのなかからぬけだして、こんどはシンちゃんもほほえむだけでながれはおわる、このはなしはなん回もしたことがあってシンちゃんはそのたびにわたしを抱きしめながらなん回でもおなじことをいってくれたんでした。でもわたしはけっこうまえから、わたしの見た目がおかあさんにそっくりだったからおとうさんからしたらあいした女のかおした人間が二度も死ぬなんてことはたえられなかったんだろう、ってわかっていたんだけど、じゃあなんでシンちゃんにおんなじことをなん回もきいたかってそんなのはきまっている。

はなしをもどすと、わたしは死ぬのにいたいのなんかぜったいにいやなんで、包丁の刃先がひかるのをみたあとすぐにじぶんのへやへ逃げこみとりあえずおとうさんがおちつくまで立てこもっちゃおうとおもい、へやにあったあらゆるものをドアのまえにうごかしてぜったいにあかないようにしてじっとしてました。家はそのときおおきな平屋で外からまどをわられたりしたらおしまいなんだけどもどうかはいってきませんようにって、ものをたくさんうごかしたからやけにすっきりとした床にねころんで十二月で冬だったからさむかった、でもこのままなにもたべなければじかんはかかるけれどもどっちみち死ねるのだとおもって目をとじました。そしたらしばらくしておとうさんがくるまで出かけていく音がして、くるまっていうのは五人のりのやつでまだわたしがうまれてないときにかぞくみんなでのってゆうえん地に行ったり海にしお干狩りしにいったことのあるやつで、なんでわたしがそれをしってるかというとおとうさんのへやにアルバムがありこっそりしのびこんで写真をみたことがなん回もあるからです、色あせてちょっと茶色くなった写真をなん回もアルバムからとりだしてならべてながめているとそれはスクリーンごしにしらないかぞくのえい画をみてるみたいでわたしだけのえい画ごっこでした、くるまの音はすぐにとおざかってきこえなくなりました。

ふしぎなんだけどなにもたべてないしのんでないのにトイレにはなぜかけっこういきたくなり、まあどうせ死ぬんだしたれながしでいいか、とまではひらきなおれずおとうさんがまだかえってきてないのをかくにんしつつ机とかいすとかベッドとかをどかしてドアからでてトイレにいく、だすものだしたらへやにもどって机とかいすとかベッドとかを元にもどす、みたいなことをくりかえしていたらだんだん意しきがもうろうとしはじめさいごにみたのはまどのむこうの血みたいな空のいろ、たしかあれも夕方でなく明け方へやに立てこもって三日目の朝でした。おとうさんはまだかえってきてなく、たぶんこうにいちゃんかまりねえちゃんかさやねえちゃんかだれかのところにいったんだとおもうけど、もしかしてもうかえってこないつもりかな、それかどっかでじ故かそれとも自さつかなんかで死んだかな、っておもいながら目をとじて次にひらいたときにまずみえたのはにゅう白色の天井、からだのうえにおおいかぶさっているまっ白なふとん、うでのあたりからのびる点てきのくだ、そしてわたしをみて目も口もよこに伸ばしたおとうさんのかおでした。

よかった、――ちゃん、よかったあ。

おとうさんはわたしのあたまとかおをなでまわしたあと、そうだ先生よんでくるね！とスキップみたいに足をばたばたさせながらみおぼえのないとびらにむかい、そこでわたしはいまいるのはおそらくどこかの病いんの病しつ、わたしはあのあとみつかってはこばれて入いんしているんだな、けっきょく死ねなかったんだなということがわかってがっかりしました。えーだって入いんっていうのはからだを治してよくなるためにするものだとおもうんだけどべつにいまさらこのからだがどうにかよくなるとはおもえないし、よくなったとしてももう人生にたいしてだいぶやる気ないんだけどな。そこで一しゅん、あ、もしかしてって希ぼうがあたまのなかでぴかってひかったけれどもすぐに光はかきけされる、それはもしかしたらここで自さつそちをうけさせてもらえるんじゃないかってことだったけど、おとうさんのあの笑がおはどうかんがえてもそのかんじじゃありませんでした。一しゅんでも期たいして浮上したぶんだけたしかにおちていく、あーあ、あああーあ。なげやりにねがえりをうってまどのそとをみるとおおきなビルがいくつもある、家のちかくにあんなビルはないからここはきっと都会の病いんだ、鳥がたった一羽だけでふよふよ浮いている、なんだか空がちかい気がする、この病しつはけっこうたかいところにあるようだってことがわかり、じゃあいっそいたくてもいいから飛びおりちゃおうかなとおもい、とりあえずじゃまな点てきのくだをぬこうと手をのばした次のしゅんかん、とびらがひらいておとうさんとお医者さんがやってきたんでした。だいたいこういうのはいつだってまにあわないうん命にあるなあとおもいながらお医者さんの診さつをうける、やけにひんやりした手に脈をはかられたりかおをさわられたり下まぶたを引っぱられたり人形みたいにじっとしておわるのをまってたら、やがておわるのはおわったもののお医者さんはすぐには出ていかずにわたしをじっとみて、

安楽死措置をご希望とのことですが、理由が身体的苦痛から逃れたいということであれば、――さんさえよろしければ、代わりに融合手術をお受けになりませんか。

っていったんでした。

あたまのなかでアスノヨゾラ哨戒班をながしてたら将棋のことをおもいだしたので、将棋のはなしもしたいです。アスノヨゾラ哨戒班が投こうされたのとおなじ二〇一五年、ねむれない夜にYouTubeの海を泳いでいたらプロ棋士の永瀬拓矢先生のインタビューどう画をみつけたんでした。

【電王戦FINALへの道】#2　信じる人　永瀬拓矢

というタイトルで投こうされたどう画はどうやら将棋というゲームのプロらしい永瀬先生がコンピューターと、正かくには将棋ソフトというものと対戦することになってその意気込みとか、ふだんのかんがえかたとかをまとめたどう画でした。さい生してすぐに、

将棋と言うのは、努力で全て決まると思っているので
才能なんか一切要らないんですね！

永瀬先生がそういっていたんだけどわたしは将棋のことをぜんぜんしらなくて、むしろいつかの金ようロードショーでみたハリー・ポッターと賢者の石でチェスのほうをしっていて、なんとなく将棋はチェスの日本ばんくらいにおもってたんでした。でもそうなんだっておもってどう画を一回とめて将棋、努力、才能ってどう画できいたじゅんにしらべてみたら羽生善治というすごいらしい棋士のひとが、

才能とは努力を継続できる力。

何かに挑戦したら確実に報われるのであれば、誰でも必ず挑戦するだろう。報われないかもしれないところで、同じ情熱、気力、モチベーションをもって継続してやるのは非常に大変なことであり、私は、それこそが才能だと思っている。

っていっていることがわかってちょっとこんがらがり、まあ気をとりなおして次は将棋、コンピューター、対戦でしらべたらどうやら棋士対コンピューターというのはけっこうまえからやっていて棋士が勝ったりコンピューターが勝ったり、でもだんだんコンピューターがすごいつよくなってきてる、やがてうまれたプロ棋士対コンピュータ将棋ソフトウェアの非公式棋戦それが電王戦、もすでになん回かやっていてプロ棋士の負けこし、FINALというからにはたぶん今回がさいご、そこでわたしはいまさら将棋についてしらべてどうやら将棋はチェスよりもずっとずっとむずかしくそれは相手の駒をとってつかえて無げんのへん化がうまれるからで、でもコンピューターはあらゆる局面でどの駒をどこに打ったらこうなるみたいなのを一しゅんで計さんできるから人間が勝てなくなってるんだってことがわかりました、わたしはそれはそうだよなとおもいました。マシンはここ十すう年すごいいきおいでしん化していてそれはわたしよりもおとうさんのほうがかんじてたみたいでわたしにパソコンをくれたときも、昔はパソコンも携帯ももっと大きくてごつごつして、それがいまはこんなにうすくてかるくてうごきもはやいんだもんなあってしきりにいっていて、じゃあコンピューターと人間がたたかうんだったらコンピューターが勝つはず、きっとこの永瀬拓矢ってひとは負けちゃうんだろうな、っておもいながらどう画にもどってつづきをみたんでした。

得体のしれないものに対峙した時にどれ位まで積み重ねられるか……が個人的にはポイントかなと思っております。やっぱり人間ですのでやれる事はひとつしかなく、一パーセント一パーセント……一パーセントじゃなくても後退せずに一歩一歩確実に前に進んで行き……その方向性が合っているかどうかが重要だと思うんですけど、ただその方向性を決めるのは自分なので、一生懸命前に進んで行きたいというのがありますね。

どう画のこう半で永瀬先生がそういっていて、このことばはいまもわたしの中で人間とはなにかをかんがえるときにあたまをよぎる、永瀬先生は自分がコンピューターとどうたたかうかをいっているんだけどこれは人間そのもののとくちょうというか、とく性のようなものをいいあてているような気がしてます。

電王戦 FINAL 第二局、Selene というソフトとの対局で永瀬先生は後手をもって勝ちました。これはあとでしらべてしったんですが将棋は人間対人間でもすこしだけ先手のほうが有利らしくいままでコンピューター相手の電王戦で後手をもって勝ったのは永瀬先生だけ、永瀬先生が指した八十八手目△２七角不成、角を成らないで指した王手をソフトが認しきできないバグがあって王手放置してしまってソフトの反則負けになりました。この電王戦ではじ前に本ばんでもつかうのとおなじソフトがれん習用としてかしだされていて、角の不成を認しきできないバグはさいしょからずっとあったみたいでした。

え、じゃあべつに勝負できまったわけじゃないんだっておもうかもしれないけどそれはちがいます、この対局は角換わりっていってはじめのほうで角を敵のじん地で成ってこうかんしあう戦法でおこなわれ、じっさい永瀬先生は十八手目で角をこうかんしたんだけどやろうとおもえばそのときに角不成を指すことだってできました、でもそれはしなかった。つまり永瀬先生は真正面からソフトにいどんでいき形勢は苦しかったみたいだけどあきらめずにさいごは自力で勝ちを引きよせた、八十八手目に△２七角不成を指したのはどっちみちじぶんが勝つ局面になっていたからでした。対局がおわったあとの会見で永瀬先生はこういってました。

Seleneとの練習将棋は五時間ですといい勝負、それ以下だとぜんぜん勝てないという感じだったので。終わったあとなので申し上げますと勝率は一割ぐらいだったと思います、全体を通して。そのぐらい強いソフトなので。ただ、一割を引くことも実戦で可能だと思ったのが、私の理論だったので。

わーって画めんが文字でうめつくされてわたしも将棋のことはよくわからないけどすごい、だってほとんど勝てないソフトにどうやって本ばんで一割を引けたんだろう、なにを積み重ねたらそんなことができるんだろう、わたしも将棋をやれば、永瀬先生がいってたみたいに努力したらわかるのかな？ってちょっと将棋にきょう味がでて、コンピューターと対戦できるアプリをダウンロードしてみたんでした。

でもぜんぜんだめでした、いちばん下のレベルのコンピューターにもぜんぜん勝てません。定跡とかをしらべてがんばっておぼえてやってみるもののすぐにどうしたらいいかわからなくなって駒をいっぱいとられて負ける、いろいろある戦法のなかでわたしは相掛かりがすきで、それは飛車先の歩がたったひとりすすんでいくすがたがさびしくていいなとおもったからです。でもあんまりにも勝てないから、おとうさんとも対局してみたけどわたしにはほんとうに将棋の才能がなかったし努力もできなかったからそのうち指すのはやめてしまった。将棋はとってもむずかしいです、だから永瀬先生はほんとうにすごいんだとおもいます。

電王戦FINALのあとでコンピューターはさらにしん化して、またプロ棋士との対局もあって当じの名人がたたかったみたいだけど勝てず、コンピューターソフトは完全に人間を上回ったみたいでした。永瀬先生はあれからもっとつよくなって、やがてタイトルをとりました。

積み重ねること。

一歩一歩確実に前に進むこと。

信じること。

なにか音がする。生きものがいる！

とおもってみてみたらただ風がうなっていただけだったってことはよくあり、いまもかくにんしたらそうだったんだけどがっかりはいつもあざやかです、なんどおなじことをくりかえしてもたぶん生きものじゃないな風の音だなってこころのどこかでわかっていてもじっさいに生きものじゃありませんでした風でした、ってなったときのきもちはいつもまあたらしい、ものすごくおちこんだりはしないけれどたくさん経けんしたおかげでいろんながっかりにもだいぶなれてきたなーとはおもわない。でも感じょうらしきものが生まれてもからだがふるえるとかあつくなるとかひえるとか涙がでるとかそんなことはなくただ脳だけぱしぱししてるかんじで、それはわたしの脳の一部が人間のままだから、わたしはいまこの世でただひとりいきている人間？っておもうこともあるけどゆう合手じゅつをうけたちょうど同じ日にうまれたシンちゃんが半年まえに百才で死に、わたしは二十五才のときからいっさいかわらない見た目のしわやしみのないつるつるした手で、おじいさんになったシンちゃんの死体を庭にうめたのだからやっぱりわたしは人間ではないんでした。老いないからだを手にいれたかわりにべつのもの、ふつうにいきてたらわたしにもあったはずのものをたくさん失った気がするな、いつまでこうやっていきてるんだろ？もうずっと病いんでけん診をうけてない、まあここすう十年はシンちゃんが家でみてくれてたんだけどお医者さんのいうことをおもいだすと、からだはマシンになっても脳のおもったりかんがえたりするところだけはうまれたままのを活用するかんじで、メモリをいれたりたべなくてもねなくてもいいようにしたっちゃしたけど、きちんと設びのととのったところで定き的なけん診をきちんとうけて脳のちょう子がもんだいないか、からだも大きな破そんがあったらなおさないといけませんよ破そんがなくても、定き的にメンテナンスをしないといけませんよってそういうはなしでした。じぶんではよくわからないんだけどじつはげん在しんこう行形で、わたしのおもったりかんがえたりする脳はすこしずつ老いていったりしているんだろうか、からだも破そんはなくともだんだんつかえなくなっていくんだろうか。

まあわたしがいなくて困るひとはみんな死んだのだしいいか。


ゆう合手じゅつはからだのほぼすべてをマシン化することで永えんに老化しないようにするテクノロジーで、二〇二〇年に世界ではじめて3Dプリンターかなにかで人工身体をつくって手じゅつを成功させたのがわたしを担当してくれたお医者さんなんでした。お医者さんじしんもゆう合手じゅつをうけて四十八才でお医者さんのときはとまり、でもなんだかもっとわかくみえた、おとうさんもそのとき六十五才にしてはわかいほうだったけど、お医者さんはぱっとみてまだ三十代かなとおもったことをおぼえてる。

お医者さんがわたしにゆう合手じゅつをお受けになりませんかっていったのはお医者さんがおとうさんのしり合いだったから、なんでもお医者さんのおとうさんがわたしのおとうさんのおとうさん、つまりおじいさんと仲がよくお医者さんのおとうさんちはびん乏で大学にもいけないかんじだったけど、おじいさんがおかねをよういしてあげてお医者さんのおとうさんは大学の医学部にいき医者になり、やがてけっ婚してうまれたお医者さんがまだちいさいときにかれらはおじいさんの家にやってきておとうさんともあったことがあり、ながい年月をへてお医者さんも医者になり九州でいちばんあたまのいい大学の研きゅうしつでゆう合手じゅつの研きゅうにたずさわることになったんだけど、今回お医者さんの存在をおもいだしたおとうさんはわたしがへやにたてこもったあとくるまを走らせお医者さんをさがし、みつけるとじぶんがおじいさんの息子であることをなのり、かねならあると直だん判したそうでした。

でもこれはおとうさんのつくりばなしかもしれない、おとうさんのことだしわたしにゆう合手じゅつをうけさせるために研きゅうしつに包丁をもっていってあばれたのかも。でもほんとうに昔そういうことがあったのかもしれないし、ほんとうにほんとうのことはいつだってわからないまま。

ゆう合手じゅつは二〇二一年から老化にたいする治りょう法としてやりたかったらやってもいいよってみとめられたけど自由診りょうで、つまりは美容せい形みたいなかんじで保けんがきかないからすごいおかねがかかるってことでやったひとはまだぜんぜんいない、わたしもせいぜいゆう合手じゅつって名前だけをニュースでみかけたくらいで、

じゃあいまわたしがいるのは福岡なんだ、福岡はじめてきたな。

ってまわりのたかいビルをながめつつお医者さんからもらったいろんな同意しょをぱらぱらめくっても内容はあんまりあたまにはいってこない、ゆう合手じゅつについて手じゅつの方法についてお医者さんがやっていた研きゅうについて冊子でどう画で口とうでいろいろせつ明をうけたけれどもいまいちそれがわたしにとってだいじなことなんだってどうしてもおもえない、というかほかにせん択しはないんだろうか、ないんだろうな。おとうさんはわたしに、これからずっと二十五才のままでいられるんだよこれ以上老けないでいつまでもかわいいまま長生きできるんだようれしいねうれしいなあたのしみだね、ってふかふかのソファにすわってずっといってました。病しつは個しつでおとうさんがわたしの決心がつくまでいていいよっていうからわたしはいつまでも同意しょに記入しないままだらだらしてたけど、ばしょがじぶんのへやから病しつにかわっただけだな、ずっとなが生きできることのなにがいいのかかんがえてもあんまりよくわからない、ただそれをそのままいったらまたおとうさんおこって包丁だすかなとおもい、そんなにながいあいだいきるのもひまそうだねっていったらおとうさんは、じゃあかぞく史をかいたらいいよっていったんでした。

おもいだした、ゆう合手じゅつをうけたらながいじかんをいきれるけどやることがなくてひまになるんじゃないかってさいしょにいったのは、わたしでした。わたしシンちゃんにずっとうそをおしえていたことになる。あたまにメモリをいれるまえの記おくはせいかくに記ろくされてないから、かってに改ざんしてはなしてた。

ごめんねって反しゃ的におもいかけてやめる、なんでごめんねなのかわからないのだし。

かぞく史をかいたらいいよっていったおとうさんにかぞく史ってなに？ってきくとおとうさんは、かぞくのことをまとめたものだよ、おとうさんは浩太と万里香と沙耶が死ぬまでいきていられないからおとうさんのぶんまで——がみんなのこと見守ってあげて、それでひとりひとりがどんなふうにいきたかかけばいいんだよ、どんなふうにかいてもいいんだよ、それは——の自由だよっていったんでした。

じゃあまたあしたもくるねっていったおとうさんは病いんからすぐちかくのホテルに泊まっていて、わたしはおとうさんがでていったあとベッドにもぐりこみふとんをあたまからかぶって目をとじて、もうなんどもかんがえてきていまさらかんがえてもしょうがないようなことを、たとえばわたしはなんでうまれてきたんだろとかなんでいきなくちゃいけないんだろとか、なんで死んだらだめなんだろとかえんえんとかんがえていたら朝がきて昼になって夜になって、そのたびにおとうさんがはらっているおかねの力そのものの的なしょくじがはこばれてきて一口とか二口がんばってたべるけれども、できればもっとたべてほしいってかんごしさんにいわれてむりやりたべたらきもちがわるくなって吐きのどはやかれ、吐いてしまえばたべものの価ちはぜんぶおなじなんです、またふとんをかぶっていろいろなことを処方されたすいみん剤がきくまでかんがえていたら、だんだんすいみん剤はきかなくなりお医者さんとかんごしさんの困りがおがさらにこまっていく、おとうさんは毎日やってきてゆう合手じゅつたのしみだねってソファにすわってずっという。

今日はちょっと体ちょうがましかなって日は、気分てんかんにいろんなどう画やえい画の予告へんをみてました。一ばん気になったのがThe Whaleというえい画でそれは、太りすぎてからだをこわしてもうすぐ死ぬ父おやが、昔すてた娘とのきずなをとりもどそうとするものがたりらしく、じっさいえい画かんでみることはついになかったけど、でもえいごばんでみた予告へんのさいごのセリフはいまでもおぼえています。

I need to know that I have done one thing right with my life!

なんでおぼえてたかっていうと、役者のブレンダン・フレイザーさんの泣く演技がすごかったからで、これからいろんな仕ごとをロボットとかＡＩがするようになるんだろうけどこれは、この演技は人間にしかできないなあってばくぜんとおもったんでした。たったすう秒でわたしまで泣きそうになったのはこのときがはじめてで、演技って、役者さんってすごいんだなあとかんどうしてました。セリフのいみはグーグルでしらべました。

いま、わたしにとって正しいことはなんだったのかかんがえるときに、このセリフをよくおもいだします。

けど、ましな日なんてのはかぞえるほどでだいたいうつ、どうにか死ねないのかなっておもったけど、ゆい一の希ぼうだったまどはほんのすこししかあかなくて、ここは病いんだからわたしのからだになにかあってつながれたモニターがそれをひょう示したらすぐにお医者さんとかんごしさんがとんでくるのだし、もうこうするしかないんだなってやがてわたしは同意しょにサインしたんでした。

だって同意しょっていうのは手じゅつに失敗したら死にますけれどもだれのことも責めたりしませんっていう紙だから。

こうにいちゃんまりねえちゃんさやねえちゃんがおみまいにきてくれたのは同意しょにサインしてからすう日ごのことで、そのとき四十三才のこうにいちゃんはこどもが十才と七才になって、四十才のまりねえちゃんは仕ごとで出世して、三十五才のさやねえちゃんはシンちゃんを妊しんしてました。

あのなかにシンちゃんがいるってあのときのわたしにおしえてあげたいな、かれはおおきくなったらわたしのこいびとになるんだよ。おとうさんこうにいちゃんまりねえちゃんにとっては、どこのだれだかわからない男のこどもを妊しんしてシングルマザーとしていきる気まんまんのさやねえちゃんはわたしとおなじくらい取りあつかい注いレベル、おとうさんはかぞくがそろうやいなやちょっと博多でなにかおもしろいものないかみてくるっていってさっさと病しつをでていき、こうにいちゃんはわたしたちをみながらたえずためいきをつき、まりねえちゃんは気をつかってお茶をふたりぶんくんでくれたけど心のなかでわたしたちのことまとめてあたまおかしいんじゃないの？っておもってるのがわかる、だからさやねえちゃんはシンちゃんがうまれたあとほかのふたりでなくわたしをたよってくれるようになりました、わたしだけがさやねえちゃんにいままでとなにもかわらずせっしたから。そんなさやねえちゃんをわたしは三十三年ごにころしてしまうんだけど。

みんながいたじかんはたぶん十分もなく病しつをながめてわたしのようすをちらっとみて、まどからけしきをみてかえっていきました。わたしはここさいきんわたしの人工身体をつくるための検さとさつ影と検さとさつ影と検さばかりでつかれてたから、みんながでていったあとおとうさんにれんらくしようとおもったけどそれもおっくうで、ベッドにもぐりこんだらひさしぶりにすいみん剤なしでねれてゆめをみました。ゆめの世界ではくらげが空中にういていていてほっといたらみんなのあたまにとりついてくらげにしてしまうから、わたしはしらない女のひとといっしょにくらげハンターをしていておおきなびんをもってまち中をあるきまわってくらげを吸いこんでつかまえてました。それから美じゅつかんにいって床から天井まであるおおきな絵をみて、それは森のなかぼんやりひかる花にかこまれている洋ふうな家の絵で、くらげをつかまえながらわたしがきれいな絵っていったらいっしょにいた女のひとがともだちみたいに笑ってくれて、すごくうれしいゆめでした。

ふとペンをおいていままでじぶんがかいたものをよみかえしてみました。かきはじめてからどのくらいじかんがたったのかわからないし、まだまだしゃべりたいことの半分もかけてないけれどなんだかずいぶんとおくにきたみたいにおもえる、そしてほんとはしゃべりたいしそのほうがはやいんだけどこれをだれかによんでもらいたいきもちになってきました。どんなひとによんでもらいたいかってぱっとうかぶのはさっきかいたゆめのなかにでてきた女のひととか、ぜんぜんしらないひとがわたしのはなしをよんでどうおもうのか気になります。しんじてもらえるかな？こんなのはうそだっておもわれるかも。できごとやおもったことうかんだことかんがえたことを文字にしてたくさんたくさんつみかさねて、それをよんでもらってここにかかれてるのはほんとうのことだっておもってもらうにはどうしたらいいんだろう、ほんとうはどこからやってくるんだろう。もししんじてもらえなかったらちょっとざんねんだけど、じゃあせめてうそとしておもしろかったらいいな。うそとしてもおもしろくなかったらそれはもうしょうがないか。

あんなにわたしがゆう合手じゅつをうけるのをたのしみにしてたのに、手じゅつごのおとうさんはよそよそしく他人みたいになりました。おもってたのとちがうかったっていうのがおとうさんのいいぶんで、それは手じゅつがおわったあとのわたしのからだがつめたくてかたかったから。人工身体はマシンなのだから体温がしないのはあたりまえだし、じっさいあのお医者さんの手もつめたくそんなのはおりこみずみだとおもっていた、けれどおとうさんは二十五年まえにおかあさんがしんでつめたくかたくなったのをおもいだしたみたいで、なんでうけさせたんだろうなんでうけさせたんだろう松本さんのいうとおりだったいうことをきいておけばよかったたってずっといっていました。

松本さんてのはいろいろいるかんごしの中でもおばあさんにちかいおばさんのかん

ごしさんで、やさしくてわたしが吐いてるときは背中を手でさすってくれたり、はちみつ紅茶だとかレモネードだとかなるべくわたしでものめそうなあたたかいのみものをもってきてくれたり、ねてばかりのわたしのからだをふいてくれたりこまごまとせわをやいてくれたんだけども、ゆう合手じゅつのことは内心よくおもってなかったみたいでわたしにしきりに、

ねえ考えなおしたら？ちょっとでもこわいならやめといたら？将来、赤ちゃんうめなくなるよ、やっぱりこどもがほしいってなったとき後悔するかもしれないよ、どうしても受けるっていうならせめて、卵子だけでも凍結しておいたら？

っていってました。わたしは松本さんのはなしの八十パーセントくらいはどうでもいいなっておもいながら、のこり二十パーセントくらいはなんでこんなにも赤ちゃんだとかこどもだとかまだ存在すらしてない存在のことをわたしにいうんだろうっておもってた、わたしのからだはわたしのものなのになんでまだいない人間のことをかんがえなきゃいけないんだろ、っておもったときに昔どこかでみた女のひとはさいしょから、胎児のころから卵子のもとがからだのなかに存在しているみたいなことをおもいだして、さいしょからそんなふうにせっ計されてるんだってことをおもいだして吐くでもなく泣くでもなくいままでいちばんしずかなきもちになり、いまおもえばあ

れもゆう合手じゅつをうけようっておもったののひとつだったかもしれません。そうなんだ、こうやってくるしみながらいきているのはなんのためっていつかこどもをうむため、まだ存在していないもののためにわたしはいきていて人間だってどうぶつなんだしなにもかもきっとあたりまえのこと、そしておおくの女のひとはうまれていきているうちにやがてこどもがほしくなるから松本さんはああいう、いつかわたしが後悔しないように、まるでわたしにその意思があるみたいにいう。

だったらわたしはもとから人間じゃなかったのだ。

ゆう合手じゅつをうけてよかったことだい二位!

ちゃんと人間じゃなくなれたこと!

これを実かんしたのは手じゅつをうけてから一年ごの二〇二三年十二月のくれのこと、生理がもうえいえんにこないってかくしんしたときのことです。わたしの生理はこれまでもずっと不じゅんだったから一か月こないとか三か月こないとか一ばんながいときは半年こないとかで、たべたりねたり排せつしたりするひつようはなくなってもまだまだゆだんはできないと、たとえば松本さんがお医者さんになにかいってじつはまだ生理がくる妊しんができるからだのままかもしれないとかほんきで空そうしていた、だって見た目はほんとに人間のときとかわらないし中身はみえないんだからわからない、体内から血がでてこないことでしか完全にはしんじることができない、そうして半年がすぎても油だんせずようすをみる、ただ秋になるころにはこれはいけたでしょとおもいつつ、でもほんとうのほんとうにかくしんできるのにはやっぱり一年かかり、それだけのじかんがあればじぶんが人間でないことのつみかさねはじゅうぶんでき、やっとわたしはじぶんが人間じゃなくなれたってこころからしんじられたちょうどその一しゅうかんご、二〇二四年一月一日のおひるごろ、さやねえちゃんが一才になったばかりのシンちゃんをうちにつれてきたんでした。

シンちゃんは二〇二二年十二月二十五日うまれ。クリスマスとたん生日がおなじでおとなたちからのプレゼントはいつもいっしょくたにされてかわいそうだったから、わたしはかならずふたつよういしていました、それでシンちゃんはわたしのことをすきになったんだとおもいます。ちなみにわたしも二〇二二年十二月二十五日にゆう合手じゅつをうけたから、おれたちいっしょのたん生日だねって、いつかシンちゃんがいってくれました。わたしはいつもシンちゃんのみかたでいました、さやねえちゃんがシンちゃんをおこったときはなぐさめて、さみしそうなときはだきしめて、どんなときもわたしはシンちゃんがいちばん大切だよだいすきだよって、なんどもなんどもいいました。

シンちゃんのほんとの名前は、新ってかいてあらたってよみます。でもなんだかあらたくんってよぶのはちょっとよそよそしい、だからわたしはシンちゃんのことをはじめてあったときからずっとシンちゃんシンちゃんってよんでてさやねえちゃんから、新はあらたなんだけど、っていわれてたけどだんだんなにもいわれなくなり、でもシンちゃんが十才のころふときになって、わたしがシンちゃんってよぶのいや？よんじゃだめ？ってシンちゃんじしんにきいたらシンちゃんは、

ほかにシンちゃんって呼ぶひといないし、――ちゃんだけだからいいよ。

ってちょっとかおをあかくしていってくれたんでした。わたしはありがとうシンちゃんだいすき、っていって、それからいつもみたいに、

シンちゃんはわたしのことすき？

ってきいたら、シンちゃんはてれながらもちいさくうなずいてくれました。

一才のシンちゃんは赤ちゃんのおもかげがのこる、でもすこしずつ幼児になってきていてことばとかおもったよりわかってるみたいで、さやねえちゃんのことはマーマっていえる、ねておきておはようっていったらおあよーってかえしてくれてかしこい、きっとさやねえちゃんが泥みたいにはたらいて日中は保育えんにあずけてあんまりいっしょにすごせなくても、できるだけシンちゃんにたくさんはなしかけてあげてるん

だな、っておもってわたしはお正月だしゆっくりしていってね、ごはんとかはぜんぶわたしがつくるからね、もしシンちゃんのたべられないものとかアレルギーとかあったらおしえてねっていったら、さやねえちゃんはそれはそれはびっくりしたみたいでした。いま、家のことぜんぶあんたがやってるの？ってきかれたからそうだよってこたえます。

もう、体がだるくて動けないとかないんだったね。

おとうさんはそういうとへやに引きこもってしまってほとんど出てこなくなったから、そうかこれからはわたしがいろいろやるんだなとおもい、さいしょはふなれだった家じも一年たつうちにどんどんできるようになっておとうさんのごはんをつくるのもそうじも洗たくもおかいものもおてのもの、どれだけうごいてもつかれなくてこのからだはほんとうにべんりだなってゆうしゅうな家でんにでもなったきぶんでした。

一家に一台、わたし。

そうしてさやねえちゃんにてづくりのおせちをふるまい、ネットで一才がたべられるごはんのつくりかたをしらべてつくってシンちゃんにたべさせてあげる、おとうさんのへやのまえまでお皿をもっていく。さやねえちゃんはおさけをのむとうつらうつらしはじめたから昔さやねえちゃんがすごした、いまは客間になったへやにあんないしてふとんをしいてねかせてあげて、わたしはシンちゃんのおせわをします。シンちゃんはいつもごきげんでいないいないばあしたらなにがそんなにおもしろいんだろ？ってくらいわらう、おしっこやうんちをしたらおむつのかえかたをしらべてシンちゃんのからだをきれいにしてあげてすっきりしたねーってはなしかけたらやっぱりにっこりする。そのうちシンちゃんはわたしのひざのうえでぐっすりねむりはじめたからわたしはずっとシンちゃんの背中をなでていた、そしたらあっというまに夕方になり、おきて居間にきたさやねえちゃんがちょっとあわてて、ごめん、新だいじょうぶだった？ってきいてくる。おなじタイミングでシンちゃんがおきたから、ぜんぜんへいきだったよ、ずっといいこだったよ、ねー？ってシンちゃんにきいたらまたきゃっきゃってわらう。さやねえちゃんはおどろいて、

新がそんなふうに笑うの、はじめてみたかも。特に寝起きはいっつも機嫌が悪いのに。あたしがいつも家で怒ってばっかだからかな。

そういったさやねえちゃんは、すこしかなしそうでした。

なんでよ、なんでそうなるの。

って、泣きながらさけぶ二〇五五年のさやねえちゃんのことをおもいだします。

あんた、新のおむつ替えてたじゃない、抱っこして、離乳食あげて、おむつが汚れ

てたら替えて、お世話してあげてた甥っ子と、どうして恋人になんかなれるの。なれないでしょう、ふつう。新、あんたもそう。このひとは、あんたの叔母さんなの。それに見た目はずっと二十五才のまま若くたって、ほんとうなら還暦近いの。あんたたちふたりともどうしちゃったのよ。おかしいわよ、おかしいわよ、なんで、なんで、なんでなのよお。

じゃあ新はまかせてまた寝ていい？最近ほんと疲れてて。

って、二〇二四年一月一日のさやねえちゃんはいいました。

うん、いいよ。

わたしがいったそのとき、とびらがすーっとひらいておとうさんがかおをだしました。

沙耶、来てたのか。

あらわれたおとうさんはくまみたい、ここにいちゃいけないどうぶつがいるみたいになって空気がかたまる、けどおとうさんはなんにもきづかずにさやねえちゃんのへんじもまたずにさっさとトイレにいって、

じょぼぼぼぼぼぼ

なにもかもどうでもよくなったおとうさんはトイレのとびらをしめないから排せつ

音はろうかにひびきわたるし、とおりすぎたばしょにはにおいがしつこくのこるみたいでさやねえちゃんはかおをしかめます、わたしにはわからないんだけど。

ちょっと、もうずっとああなの。

おとうさんがへやにひっこんだあと、ちいさな声でいったさやねえちゃんにうなずくと、さやねえちゃんはどこからでてんだろっておもうくらいふかくふかーいためいきをつきました。

だめだ、いまは何も考えられない。とりあえず、寝るね。

うん、おやすみなさい。

さやねえちゃんは客間にもどっていき、わたしもシンちゃんのとなりにもどっていきます。シンちゃんは床にすわってアニメをみててわたしがくるとにゃーってわらう、ふたりでいっしょにこどもむけのアニメをみてシンちゃんがわらうのにあわせてわたしもわらいます。

三日のおひるごろ、こうにいちゃんとまりねえちゃんがいっしょにきて、ふたりはシンちゃんをちょっとあやしたあとでおとうさんのへやにいきました。わたしたちきょーだいをむりやりふたつにわけるとこうにいちゃんとまりねえちゃんがセットで、さやねえちゃんとわたしがセット、おとうさんとわたしへのにくしみもこうにいちゃんとまりねえちゃんが強、さやねえちゃんがこのころはまだ弱です。

親父のことは、まかせていいんだよな。

かえりぎわ、こうにいちゃんはたんたんとわたしにいいました。

自分が一番、親父に恩があることはわかってると思うけど。親父のおかげで、自分が生きていられるってことは。それはちゃんと、わかってるな？

となりでまりねえちゃんがじっとわたしをみていて、やがてふたりはこうにいちゃんのくるまにのってかえっていきました、運てんはＡＩがします。ＡＩをさかさまにしたら、ＩＡだ。さやねえちゃんも夕方、ありがとね、おかげで久しぶりに休めたわ、っていってシンちゃんを抱っこしてくるまのチャイルドシートにのせたんだけど、シンちゃんはこの三日かんではじめてみるようなはげしい泣きかたをして、わたしとはなれるのをかなしがっていました。ごめんねー、またねーってちいさな手に手をのばしたら、指がすごい力でわたしの指をつかむ。でもこのときのことを、シンちゃんは完全にわすれてしまうんです。わたしがはなしてきかせてあげると、おれ、さいしょからそんな感じだったの？ってはずかしそうにわらう。

やっぱりどうしてもシンちゃんのはなしになってしまうな。

だれもいなくなってしんとした家には、一匹だけ生きものの気配がしていました。

一月四日からはお正月なんてはるかとおい昔のことだったみたいにじかんがものすごいはやさですすんでいって、でもわたしのまわりはあいかわらず山と田んぼと空だけがあって妙にしずか。わたしは福岡の病いんに検さしにいくのに、おとうさんはもうたぶんくるまをだしてくれないだろうからじぶんでいく方法をしらべました。とおいんだけどえきまで山こえ谷こえなん十キロのみちをあるいていって、そこからでんしゃにのるルートにきめました。人間だったときはこんなのぜったいできなかった、どんなのであれなにかあたらしいことができるようになるのはうれしいな。病いんにつくとわたしの手じゅつをしてくれたお医者さんがなんにもかわらないみためでむかえてくれました。

今日は、お父様は、どうされましたか。

お医者さんにきかれてわたしはありのまま、あんまりへやからでてこなくなりました、なんかわたしがおもってたのとちがうかったみたいですってこたえました。お医者さんはそうですか、といってどこかとおくをみるみたいな目をしました。

こればかりは取り返しがつきませんので。その旨、事前にご説明したのですが。

どうしてそんなかおしていうんだろう。じぶんがうみだした技じゅつなのに？おもったけど口にはしないで、わたしはいろんなマシンにとおされます。そのあいだ意しきはありません、脳になんかしたみたいでした。だいたい二じかんくらいでぜんぶおわってとくにもんだいはなし、じゃあ次は一年ごにって予約をとります。そしてお父様の件に関してですが、もしなにかありましたらいつでもカウンセリング等ご案内いたしますのでご相談ください、っていわれました。もしなにかありましたら、ってたとえばどんなことだろう、包丁をむけられたら？っておもうけどやっぱりいわないでおく。わたしはでんしゃにのって、あるいてあるいてあるいていたらだんだんみなれた風けいになる。でもこのひはかえるとなにか家がちがうかんじがしてなんだろう？とおもってよくよくみたらろうかにおとうさんの排せつぶつがまきちらされてたんでした。

ここからはもう、おとうさんのうつと併はつした認知症がどんどんすすんでやがて死んでおわりです。きょう年七十でした。

ってまとめたいけどさすがにあれなのでもうちょっとつづけます。おとうさんが死ぬまでとくに印しょう的だったのは、おとうさんのおせわをしてくれることになった介ごサービスの人間ヘルパーさんとのはなしでした。ほんとならロボットをはけんしてもらうほうがやすいしなんならわたしがやればただ、おとうさんが認知症になってから一回みんなであつまったときもこうにいちゃんから親父のことはまかせるっていわなかったか？っていわれたしまりねえちゃんもとなりでうんうんってうなずいてたんだけど、けっきょくおとうさんがどうしてもわたしのマシンになった手にさわられるのはいやだロボットなんかはもっといやだっていって家がどんどん汚くなるばかりだったから、たかいおかねをはらって人間にきてもらうことにしたんでした。で、きてくれた人間ヘルパーさんにすみませんお手すうかけますって初日にあいさつしたら、五十代くらいの人間ヘルパーさんはにこにこ笑って、

いえいえ、とんでもございません。やはりまだまだこの世代のかたですと、ロボットや機械の介護に抵抗があるかたもたくさんいらっしゃいますから。人間のほうが安心できるとか。安全面などはもうほとんどロボットと人間に違いはないのですが。

そうなんですね。ほんとうにすみません。おとうさんはとくにひと肌がいいみたいで。

ああ、そういった面で人間のヘルパーを希望されるかたもいらっしゃいますね。

おとうさん、わたしがゆう合手じゅつをうけるまではわたしのからだのいろんなとこさわりたがるくらいだったんですけど、いまはもうちかづくなばけものっていわれてて。

人間ヘルパーさんはぎょっとしてわたしをみるとなにか迷うように目をおよがせて、

でもこのはなしはこれ以上広がらないようにしようっておもったみたいでした。

それでは早速、お父様のお部屋失礼いたしますね。

はーい、よろしくおねがいします。

人間ヘルパーさんがへやにはいっていっておとうさんに自己しょう介する声がきこえてくる、ちらっとのぞくと介ご用ベッドにねころんだおとうさんがむすっとしています。けっきょくこの人間ヘルパーさんは半年もたたないうちに交代になってなんどか交代はくりかえされて、ようやくおとうさんのおめがねにかなったのは三十代の人間ヘルパーさんで目元がすこしおかあさんにてるひとでした。でもこのひともすぐに来なくなって女性ではなく男性の人間ヘルパーさんがくるようになり料金もどんどんたかくなっていって、わたしのゆう合手じゅつのときだってすごいおかねかかったし大丈夫なのかなっておもったけどおとうさんには、というかこの家にはほんとうにおかねだけはあるみたいでした。

自さつそちは、認知症がしん行して意思ひょう示がむずかしいばあいはき本的にうけられません。くすりはいちばんあたらしくいちばんよくきく、症状のしん行をこれ以上ないほどおくらせそのひとらしさをとりもどすというふれこみのものをつかっていたけれど、どんなくすりでもきかない人間はぜったい存在していてそれがおとうさんでした。

人間ヘルパーさんのおかげでおとうさんと家がきれいになりにおいもたぶんしなくなったころ、さやねえちゃんはひんぱんにシンちゃんをつれてくる、というよりあずけにくるようになりました、お正月のわたしの仕ごとぶりをかってくれたんだとおもいます。自分の収入だけじゃベビーシッターをやとえないしさやねえちゃんもロボットシッターはやっぱりこわいからってお仕ごと中は保育えんにあずけるんだけど、シンちゃんはまだちいさいからすぐ熱をだしたり具合がわるくなるとかでよびだされる、そうしているうちに仕ごと先からもいろいろいわれる、このままだとやめなくちゃいけなくなるけどそれはこまるからって、さやねえちゃんは海沿いのまちではたらいていて仕ごと先も保育えんも家のすぐちかくにあったけど、このころは朝はやくにおきてシンちゃんのようすをみて今日は具合がわるくなりそうだってちょっとでもおもったら一じかんかけて山をのぼってきてわたしにシンちゃんをあずける、それからいそいで仕ごとにいき、おわったらまた一じかんかけて山をのぼってくる、夜わたしからシンちゃんをひきとってかえることもあれば日によってそのまま泊まっていくこともあったりしてだいたい週に一回から二回、おおいときは三回、そんな日々がシンちゃんがおおきくなって熱をださなくなるまでつづきました。二〇二四年のはじめごろさ

やねえちゃんのくるまもＡＩが運てんしていたけど法定そくど以上だせないからって
わざわざ自分で運てんしなきゃいけない古いくるまにかいかえて、いつかじ故にあってしまうんじゃないかとおもうくらいのスピードで山をのぼりおり。シンちゃんは一じかんくるまにはげしくゆられつづけてかおはなみだとはな水まみれ、下はおしっこときどきうんちまみれ、吐いてチャイルドシートがよごれてることもあってわたしはいつもチャイルドシートごとシンちゃんをうけとってました。シンちゃんは、どんなに泣いててもわめいててもわたしのかおをみるとあいかわらずなんでかにこーってわらうんです。玄かんをあがったところでよごれたチャイルドシートとシンちゃんのかおとからだをきれいにしてあげて今日もいっしょにあそぼうねってあいさつする、と人間ヘルパーさんがおはようございまーすってやってくるから、わたしはシンちゃんを抱きながらおはようございまーすってあいさつをかえします。人間ヘルパーさんはおとうさんのへやにはいっていって、わたしはシンちゃんを居間につれていって、おとうさんはだんだんなにもできなくなって、シンちゃんはどんどんいろんなことができるようになって。
　太陽だけが、いまもかわらず東から西にのぼりおり。
　じつはなん回か、人間ヘルパーさんのかわりにわたしがおとうさんのおせわをしたことがあります。担当がきゅう病でどうしても代わりがいなかったとかで、シンちゃんがねているあいだにおとうさんにごはんをたべさせたりおむつをかえたり、やることはシンちゃんのおせわとほとんどかわりません。からだのおおきさがぜんぜんちがうからあばれるとすこしたいへんだけど、おおめにくすりをのませてねむらせればもんだいありません。

○○？

気分がおちついているとき、おとうさんはわたしをおかあさんの名前でよびます、でもわたしがその手にさわったりするとつめたくてかたいのでわたしだって気づいておこりだします。だからわたしがおせわするときは、たんすにはいってた女性用の毛糸の手ぶくろをとりだしてつかってました、それは昔おとうさんがおかあさんにプレゼントしたものみたいでおこられるかなっておもったの半分、正かいはもう半分のほうでおとうさんはわたしが手ぶくろをしてるのをみるとうれしそうにしました。くすりをだしたらそれはなに？ってきかれたから手ぶくろのお礼のプレゼントっていってお水といっしょにわたすとよろこんでのみ、ねむりはじめたおとうさんはしあわせそうでした。次の日はちゃんと人間ヘルパーさんがきて、昨日はすみませんでしたーってあやまりながらおとうさんのへやにいき、わたしはまたしばらくシンちゃんのおせわにしゅう中します。

さいごにおとうさんのおせわをしたとき、そのころにはもうシンちゃんはだんだん熱をださなくなって保育えんにちゃんとかよえるようになってきてたから、その日わたしはおとうさんとふたりきりでした。もう一日中ねてるような状たいだったから、やることはほとんどありません。ただねてるときも痰がからまってむせたりするからそういうときは人間ヘルパーさんにおしえてもらったやりかたで吸引します。人間をマシンにできても痰の吸引はまだつらくるしい、おとうさんは吸引されそうになるとほんとうにすごいちからであばれてからだをベルトでこう束してむりやり口をこじあけて吸引しなきゃいけなくて、なまみの人間がひとりでこれをやるのはたいへんだろうな、っておもいました。おわるとどうぐをきれいにしてこう束をといてあげます。おとうさんはぜーぜーいいながら目をうっすらあけてわたしをみたからなに？って耳を口元にちかづけると、とつぜん手がのびてきて胸をつかんできました。

シリコン素材にすることも可能ですがどうしますか？

ってゆう合手じゅつまえにお医者さんからきかれたけどわたしはべつにいいですっていったからこれはマシンのつめたくてかたい胸、さわるたのしみもなにもなくなったっておとうさんじしんがいってたのにいまおとうさんは手を胸からはなさない、もう片方の手は股のあたりをいじっている、そんなすがたをみていたらああ人間はわたしみたいにあたまにメモリがあるわけじゃないからなにもかもわすれることができるんだ、ってあらためておもいました。いやだったこと、いたかったこと、かなしかったこと、くるしくてこんなのはやくわすれたいとねがったことはもちろん、うれしかったこと、たのしかったこと、しあわせだったこと、あいしたこと、一生わすれたくないとねがったこと、そして自分がだれになにをしたかもすべて消しさることができるんだって、もうおかあさんのことすらおもいだせないようすのおとうさんはこれで死んだんだなっておもいました、ここにいるのはほんとにただのどうぶつだ。

おとうさんはその一しゅうかんごに誤えん性肺炎をおこして入いんし、こうにいちゃんまりねえちゃんさやねえちゃんがあつまった次の日に心ぞうがうごかなくなりました。きょう年七十でした。相ぞくの手つづきとかはこうにいちゃんがぜんぶやってくれて、この家はわたしのものになりました。

あーやっとおとうさんのはなしがおわったけど、まだあとこうにいちゃんとまりねえちゃんとさやねえちゃんがいる、なんでおとうさんとおかあさんはこどもをたくさんつくったんだろうっていまだにおもいます、すくなくともわたしはいらなかったんでは？っていうとシンちゃんはおこって、そんなこといわないで。――ちゃんはいらなくなんかない、おれ何回もいってるでしょ、――ちゃんがいない世界に価値なんかないよ。

っておとうさんが死んだときまだ五才だったシンちゃんは、やがておとなになりわたしにいってくれるんです。あんなにちいさかったのにあっというまにおおきくなっていく。

こうにいちゃんのことかきたいんだけど、こうにいちゃんとのおもいではほとんどありません死ぬちょっとまえ以外は。そもそもこうにいちゃんはわたしがもの心ついたときにはもう家にいなかったのだし、お正月とかもあんまかえってこなくて気づいたらけっ婚してうまれたこどもを一回か二回おとうさんにみせにきたこともあったけど大学のときからずーっと東京にいて、わたしは東京にいったことないからどんなところかよくわからない、福岡のもっとすごいバージョンかな？とにかく仕ごとがいそがしいからとか今年は妻の実家ですごすからみたいなれんらくがあったのもせいぜい二、三回とか、よっぽどのことがないかぎりあわないからこうにいちゃんがどんなひとだったかってきかれてもちょっとこまるところがある、たしかなのはわたしのことがだいきらいでこいつさえいなきゃ母さんはいきてたのにっておもってること、おとうさんがわたしにべったりで気持ち悪い親子だっておもってること、ゆう合手じゅつをうけてからのわたしはいよいよぶきみな存在になったとおもっていること、ことばにしていわれたこともいわれなかったこともどっちもおなじくらいよく伝わりました、だからわたしもこうにいちゃんにはあんまちかづかないようにしてた、こうにいちゃんってずっとかいてきたけどおにいちゃんってかんじはいちどもしたことがない。

じゃあもう浩太さんでいいか。

これはさやねえちゃんからきいたはなしで本人がわたしにおしえてくれたわけじゃないんだけど、浩太さんとまりねえちゃんはいわゆる就しょく氷河期世代とかロスジェネ世代とかよばれる世代のひとたちで就活がほんとにたいへんだった、やっとなんとか就しょくできても仕ごとができないと人間あつかいされないかんじで給りょうもひくくて、でも浩太さんとまりねえちゃんはっていうかこの家にうまれた人間ならなにもしなくてもおかねにこまることはないはずだけど、ふたりとも家つまりおとうさんにはたよりたくないからってそれはあたしもおなじなんだけどってさやねえちゃんはいってました。でもこうにいちゃんとまりねえちゃんのたいへんさはあたしのとはまたぜんぜんちがう、だれより朝はやく会社にいってだれより夜おそく家にかえる、大学じ代の同きゅう生が首吊ってたっていうれんらくがたまにある、まあでもおまえはいいよなあんたはいいよね地元にかえればこんな地ごくからはぬけだせるわけだし、みたいな声をとおくのほうへ追いやりたまに口とか肛門から血をながしながらでもそんな毎日をなんとかいきぬいてこられたのは、ふたりとも人生でおかあさんがいなくなったことよりつらいことはないからだってさと、さやねえちゃんはなるべくさりげないかんじでいいました、べつにこんなことでいまさら傷ついたりしないよね？じっさいにそれはそのとおりなのだからわたしもうなずくだけ、うんうんそれで？

それで浩太さんはさいしょ営ぎょうのしごとをしてていろんなぎょう界のひととコネクションをつくったあと、大学のときのともだちにさそわれてＩＴ系の会社を立ちあげてそこからさらにがんばったみたいでした、東京ですてきな家をかえるくらいに、配ぐう者さんがはたらかずいく児にせん念できるくらいに、ふたりのこどもを幼ちえんから大学まで私立のところにいれられるくらいに、年になん回かは旅行にいけるくらいに、もう一生この家の、おとうさんのおかねにたよらなくていいくらいに。

だから二〇三九年に浩太さんが六十才になったとき、こうにいちゃんが自さつそちをうけたいっていってるってさやねえちゃんづてにきいたときはびっくりしたし、みんなであつまって本人からほんきだってきいたときはなんでだろっておもいました。

つかれたんだよ。

浩太さんはしずかにいいました。

子どもたちもちゃんと独り立ちできたし、俺が死んでも妻が困らない手続きはしてある。ただ、もうつかれた。楽になりたい。

まりねえちゃんもさやねえちゃんも大あわてで毎日でんわしたり浩太さんの配ぐう者さんともはなしたり、さやねえちゃんはわざわざ東京まで浩太さんにあいにいったりして、だって六十才なんてあまりにもわかすぎるどうにか気がかわりますようにってがんばってた、そしてさやねえちゃんが東京にいくときはシンちゃんがまたわたしのいる家に泊まりにくるようになりました。

すみません、お世話になります。

ある土よう日の昼すぎ、さやねえちゃんのくるまからおりてきた十六才のシンちゃんはお正月にあいさつにきてくれたときからまた背がのびている、目がもうわたしよりたかいところにあって切れながだけどはっきりしたきれいなふたえとゆるいくせのついたかみの毛はだれにもにていない、声がわりもとっくにおわっていてながい足でまっすぐ立つすがたに、こどもがおおきくなるのはほんとうにはやいなとおもいました。かばんには八才のおたん生日プレゼントであげたポケモンのぬいぐるみキーホルダーがぼろぼろになってもまだぶらさがっていて、シンちゃんはこどものころポケモンがすきでおなじ年のクリスマスのプレゼントにあげたポケモンカードもまだ机にかざっているってさやねえちゃんがおしえてくれました。わたしはポケモンはソードシールドまでしかやってないからシンちゃんがすらすらおしえてくれるものすごくながいポケモンたちのなまえはもうぜんぜんわからなくて、でもシンちゃんはわたしがあげたものならどんなものでもおおよろこびしてくれました。

さやねえちゃんが、

それじゃあたし空港行くから。新、あんたおばさんに迷惑かけないのよ。

といってシンちゃんは、

わかってるよ、気をつけて。

としずかにこたえる、そしてちいさな声で、

――ちゃんはおばさんじゃないよ。

っていったのがきこえる。さやねえちゃんはもうくるまのアクセルを力いっぱいふむひつようはないからあたらしいくるまは音もなくすーっとすべるようにはしっていき、みおくってとなりのシンちゃんをみるとぱちっと目があいました。あ、すみません。シンちゃんがわたしから目をそらして、その耳はあかくなっていきました。

荷物、運んじゃってもいいですか。

いいよ。せまいけど二かいのへやが空いてるからつかって。

さいしょにかいたようにおとうさんが死んでから家はたてかえて一回り以上ちいさな戸だてにして二かいにさやねえちゃんとかシンちゃんとかお客さん用のへやが三つ、一かいにはリビングとキッチンとおふろトイレ洗めん所、でもそのほとんどをつかわずにわたしはだいたい二かいのへやから山やま田んぼたんぼ空そらをながめたりのんびりしたり、でもなんにもしなくてもへやにほこりはたまっていくからまえのひにちゃんとそうじして、シンちゃんのごはんの材りょうをかってきてなんであれやることがあるのはいいことだな、っておもいながらだいぶはやいけど夕はんのしたくをしてたら、荷もつをおいたシンちゃんがやってきてなにか手伝えることありませんかっていうから、大丈夫だよつかれてるだろうしやすんでてっていったけど、手伝いたいんですってそこからうごかないかんじだったから、じゃあいっしょにつくろうかってふたりでキッチンにならんでシンちゃんのすきなカレーをつくりました。そしてつくりながらわたしは、シンちゃんから一回目の告白をされたんでした。

――ちゃんが好きです。小さいころから、ずっと好きだった。おれが大人になったら、付き合ってください。

びっくりしてシンちゃんをみて、みたらシンちゃんがわたしをからかってるとかうそをついてるとかそんなんじゃないことは、すぐわかりました。

返事は、今しないで。でも考えてくれたらうれしい、です。

このときからシンちゃんはわたしをすきだというときはどんなにてれていてもまっすぐに目をみていってくれて、
どうしてわたしはこのときってなんかいもなんかいもかんがえてしまう。

そんなかんじでシンちゃんとすごしていたら、次の日の夕方さやねえちゃんがつかれきってかえってきてわたしがこうにいちゃんどうだった？ってきくとさやねえちゃんは首をよこにふって、だめだった、また今度話し合いしに行く、そのときは今日みたいに新、泊まらせていい？ってきいてきたからわたしはもちろんってかえして、シンちゃんはよしってかんじでちいさくガッツポーズ、ふたりはくるまにのりこんで山をおりていきます。わたしはくるまがみえなくなるまで手をふって、シンちゃんもくるまのなかでずっとふりかえりつづけてわたしをみつめていました。

まりねえちゃんとさやねえちゃんはよくがんばったとおもうんだけど、けっきょく浩太さんのかんがえをかえることはできませんでした。

これ以上おまえたちが反対するなら今すぐ首を吊ってやる。

って浩太さんはいったらしく、まりねえちゃんとさやねえちゃんは説とくをあきらめて配ぐう者さんとこどもたちはずーっと泣いてたらしいけどさいごはパパがそこまでのぞむならっていったらしく、浩太さんっていい夫でいいおとうさんだったんだーっておもいました。

それで自さつそちの申せいして、昔ほどしんさがきびしくないからすぐに許可がでてそちをうける日がきまったんですけど、そのまえにおもいでづくりでさいごのかぞく旅行にいくことになりました、バーチャルではなくリアルのやつ、なんとわたしもいっしょに。てっきりシンちゃんといつもみたいにおるすばんだっておもってたからさやねえちゃんに、あんたも行くんだよっていわれたときはびっくりして、なんで？っていってしまった、そしたらこういちゃんがあんたもつれてけだってとさやねえちゃんはいって、あとで本人にれんらくしてみたらほんとうにわたしもつれていくつもりだったらしくおどろきはなん回でもまあたらしい。わたしはでもそしたらシンちゃんはどうするの？ってきいたんだけどちょうどスクーリングとかぶってるからってさやねえちゃんはおしえてくれ、そのときシンちゃんは九州にいながら東京のすごくあたまのいい学校の生徒になっていて授ぎょうとかはオンライン、たまにスクーリングっていうじっさいにとう校していろいろする行じがあるらしく、本人はのりきじゃないけど参加させるとのことでした。

いいかげん過保護なのもよくないから、あの子にもいろいろ経験させないとね。

ってさやねえちゃんはいって、それはほんとうにそうでした。

旅行先は海沿いのまちにあるずっと昔みんなでいったことのあるらしい温泉がいの古い旅かんで現地しゅう合、浩太さんとまりねえちゃんは東京から、さやねえちゃんはシンちゃんを空港におくってから、わたしは家から旅かんをめざしてわたしにとってはじめてのかぞく旅行でした。

でもべつにおわってみればおもしろいことなんてなかったな、かぞく旅行ってみんなでいろんなところをあるいたりみたりするものだとおもってたけど浩太さんもまりねえちゃんもさやねえちゃんも旅かんについたらちょっとごろごろして温泉にはいりにいき、あがったらへやにはこばれてきたごはんをたべてわたしはそのどっちもするひつようがなかったからまどぎわのいすにすわってぼーっとしていました。くらくなってくると外のけしきもみえなくてむしろへやのなかを反しゃして浩太さんとまりねえちゃんとさやねえちゃんがお酒のみながらおさかなとか天ぷらとかお肉とかたべながら、これおいしい、おいしいね、ああこれもおいしい、ほんとうだおいしいってずっといって、ときどき昔のかぞく旅行のおもいでばなしがあって浩太さんがおふろばではしゃいでころんでおとうさんにしかられたとか、まりねえちゃんはちいさいころすききらいがはげしくて夜にだされたごはんのほとんどがたべられなくておかしがたべたいって泣いたとか、さやねえちゃんはかくれんぼがとくいで旅かんのへやでみんなでやったときもどこにもみつからなくてみんなあせったとか。

ふと手元のたん末がちいさくゆれて、シンちゃんからメッセージがとどきました。

いま何してますか

おれはやっといろいろおわったんで部屋でだらだらしてます

早く帰って――ちゃんに会いたいです

シンちゃんの声が耳元でひびくみたいでふふってわらってしまう、返しんをうっているとさやねえちゃんから、もしかして新からなんかきた？ってきかれました、わたしがれんらくをとりあうひとがほかにいないことをしっているからです。わたしがうん、やっといろいろおわったからへやでだらだらしてる、はやくかえりたいって、っていったらさやねえちゃんは、あの子ちゃんと友だちできたのかね、ふだんから引きこもりみたいなもんだしってこぼすみたいにいってそしたら浩太さんが、新はしっかりしてるし大丈夫だろう、まりねえちゃんも、勉強もできるし礼儀正しくていい子じゃないっていいます。さやねえちゃんは急にシンちゃんをほめられてうれしすぎたのか、そんなことないのよーあの子ったらこれこれこうでってへんに上ずった声で早口でしゃべって、わたしはシンちゃんとすこしメッセージのやりとりをしてさいごはおやすみなさいってあいさつしました。

いつのまにかみんなごはんをたべおわりまりねえちゃんとさやねえちゃんはもう一回温泉にはいってくるといってでていき、へやには浩太さんとわたしだけになりました。浩太さんはまだお酒をゆっくりのんでいてわたしはじゃまにならないようにしようって音をたてないようじっとしてたんですけど、ふいに浩太さんの声がしました。

今日は、来てくれてありがとうな。

え、いまわたしにはなしかけたのかな？とおもって浩太さんをみると浩太さんもわたしをみていて、なんで？ありがとうって、なにが？

ずっと謝りたいと思っていた、親父のこと。介護のことだけじゃなくて、その前から、あいつが長い間おまえにしていたこと、あいつがおまえに融合手術を受けさせようとするのを、止められなかったことを。

浩太さんはすらすらしゃべってグラスにのこっていたビールをのみほすと、ふーっとながく息を吐きました。

死にたいのに生きつづけなきゃいけないなんて拷問だろう、生まれることは選べないんだからせめて死ぬ権利くらいはすべての人間に保障されるべきだと思う。けど融合手術は言ってしまえば死ぬ権利の剝奪だ。俺はずっとおまえが嫌いだった、おまえのせいで母さんが死んだと思っていたから。でもおまえだって選べるなら別に生まれてこないよな。生まれたくて生まれてきたわけじゃないだろう。自分が死にたいと思うようになって、やっとわかった。勝手に生まれさせられて生涯を搾取されて、本当に気の毒だと思う。すまなかった。

浩太さんが頭を下げて、わたしはいすにすわっているから浩太さんをみおろすかたちになり、みえている頭のつむじから肩とかうでとか手とかながめてるといろんなところにたるみとしみとしわ、年相応に老いたからだだとおもいました。いまいわれたばっかりのことを反すうしてみるけどびっくりするくらいなにもかんじなくて、なん世代もまえのけい帯でんわにはいってたアシスタントきのうのまねをしようとおもったんでした、ぱっておもいついたセリフがそのアシスタントのだったから、

すみません、よくわかりませんでした。

っていったら浩太さんがゆっくりかおをあげてわたしをじっとみて、色がみょうに白い。なにをおもっているのか表じょうだけだとよみとれなくて、でもいまのがなんのまねか浩太さんだってしってるはずなんだけどなとおもっていると、

噂は、本当なのか？

って浩太さんはいいました。

融合手術を受けると、脳も影響されて思考が機械化していくって……。

ただいまーってとびらがひらいてさやねえちゃんたちがもどってきました。ふたりはへやの空気をびんかんにさっ知して、え、あれ、ふたりでなにかはなしてたの？ってたずねたけど浩太さんはいや、なんでもない、そろそろ寝ようっていってテーブルがかたづけられてふとんが並べられます。

こうやってみんなで川の字で寝るの久しぶり。

ほんとにねー。

そのうち三人はねむりはじめてわたしはたん末でさっき浩太さんにいわれたことをしらべました。

そこにはゆう合手じゅつをうけるとだんだん脳もマシンの影きょうをうけてかんがえたりかんじたりするところが人間らしくなくなるって、ほんとなのかわからないデータがのってる記じやどう画があってようは陰ぼうろんみたいな、でもすくなくないかずのひとがそれをみてしんじてるみたいでした。

浩太さんとのおもいではこれでおわりです。旅行からかえったあとはいつもの毎日がもどってきて一か月ごくらいに浩太さんは自さつそちをうけて死にました。東京でおそう式があってまりねえちゃんとさやねえちゃんとシンちゃんがさん列しました。わたしはいつもみたいにぼんやり二かいのへやから空をみあげてよくはれすみわたった青空でした、でも東京はどうだったかしらないな。

つぎはまりねえちゃんだ。まりねえちゃんとのおもいではもっとないのですぐにおわります。浩太さん以上に万里香さんってよぶのがしっくりきそうなんだけどなぜかまりねえちゃんはまりねえちゃん、それはさやねえちゃんの影きょうが大きそうです。っていうのもさやねえちゃんはまりねえちゃんと仲がよくて浩太さんのことでいろいろはなしあったりもそうだしたまにいっしょにあそびにいってたらしくそのはなしをわたしもよくきいててまりねえちゃんがね、まりねえちゃんがねって、年も五つちがいでおたがいちょうどよかったのかあのふたりはただしく姉妹だったなとおもいます。それで二〇五五年にわたしはまりねえちゃんがしんだこと、まりねえちゃんに同い年の女性パートナーがいたことをさやねえちゃんからきいてはじめてしったんでした。

あのね〜まりねえちゃんがのこしたお金のことなんだけど〜。もともとの貯金とか、投資してたのとかいろいろ〜。配分、あたしが決めちゃってもいいかな〜?ちょっと多めにもらっちゃだめ〜?

仮そう空かんでさやねえちゃんはかわいく首をかしげる、うさぎの耳がぴこぴこしてます。なんでもなりたいものになれる世界でさやねえちゃんはうさぎになりたかったのかなあってておもいました。

うん、いいよ。

ほんとに〜?ありがと〜。新も仕送りしてくれてるけどいまの時代、何があるかわからないからね〜。年金もなくなっちゃったし〜。ただあんたも多少はお金もっといたほうがいいかもだからさ〜。まりねえちゃんのパートナーさんがもしかしたら接触してきていろいろいってくるかもしれないけど、遠慮せずもらっといていいからね〜。家族の権利だからね〜。

このころシンちゃんはお医者さんになって東京のおかねもちのひとだけがかかれる病いんではたらいてたくさんおかねをもらって、そのかわりお正月とかもかえってこれないくらいいそがしくてわたしはシンちゃんが大学を卒ぎょうした年の春以来シンちゃんとはあってませんでした。

浩太さんが死んだあと世界では陰ぼうろんをしんじたひとがいろいろなことをいってゆう合手じゅつをうけた人間は危けんかもだから気をつけましょうみたいな、そのころゆう合手じゅつは全しんフルはおかね的にむりでもびょう気やじ故でだめになったところを部分的にマシン化するくらいならできるひとがふえてて陰ぼうろんなんてさいしょはだれも相手にしてなかった、んだけどあるときゆう合手じゅつをうけたひとが凶あくな殺人じ件をおこして供じゅつで、

自分が悪いわけじゃない。

頭を機械に侵蝕されて、そいつが誤作動を起こしたんだ。

って主ちょうしてそれはどうにか罪をかるくしようとするためのいいわけにすぎなかったんだけど、ほらやっぱり危けんじゃんってながれにちょっとなり、じ件とかじ故をおこしたひとのゆう合手じゅつ歴なんかがどこからか流出してまとめられるようになって、それは人けん侵がいだって運どうとか暴どうもちょっとありました。で、そのうちありのままのからだをあいしましょう、うまれたままのからだでいかによくいきていけるかをかんがえましょうってことで世界的にゆう合手じゅつの件すうが大はばにへって、あたらしい不老不死研きゅうがすすんでからだにはせいぜいちいさなチップをうめこんで体内かんりをするくらいになりました。

それでゆう合手じゅつをうけたひとたちはいきている人間でいう自さつそち的な、いわゆるてい止そちがうけられるようになったんだけど、これはいたみなく脳をどう

にかするものであくまでやりたいひとだけがやる、うけるひともいたしもうちょっとよう子見ってひともいたな。ぱっと見はわからなくてもゆう合手じゅつをうけたって知られたらたしかにひとの見る目がかわる、だからわたしは家から出ないようにってさやねえちゃんにきつめにいわれていわれなくてもそうするつもりだったけど、さやねえちゃんはシンちゃんもあんまり家につれてこなくなりました。

だけど大学を卒ぎょうした二十四才のシンちゃんは上京するまえにさやねえちゃんにはないしょでこっそりわたしにあいにきてくれて、わたしに二回目の告白をしたんでした。

いつか、この家で――ちゃんと一緒に暮らしたい、暮らせるように頑張るから、それまで待っててくれませんか。

まりねえちゃんのパートナーさんってけっきょくれんらくとかはなかったけど、どんなひとだったんだろう。

まりねえちゃんはある日とつぜん家でたおれて脳出血でそのまま死んだらしいんだけどたおれてるまりねえちゃんをみつけたのも病いんにつれてったのもさやねえちゃんが病いんにつくまでずっと手をにぎってたのもぜんぶパートナーさんで、なんでパートナーさん?配ぐう者さんじゃないの?ってわたしがさやねえちゃんにきいたら、パートナーシップ制度はつかってたみたいだけど、結婚できなかったからね、法律がかわらなかったからね、遺言書があればちがったんだろうけど急だったからね、まりねえちゃんはずいぶん若くして死んでしまったからねって。

いろんな「からね」をきいたけどパートナーさんがなっとくできたかどうかわからない。なんで法りつがかわらなかったの？ってきいたらさやねえちゃんは、知らない、みんな別にかわらなくていいって思ってたんじゃない？ってそれはけっか的にわたしもそう、自分のことでいっぱいいっぱいでなんにもしてこなかったんでした。

まりねえちゃんが死んだっておしえてくれたさやねえちゃんはかなしんでるそぶりもなくいつもどおり、むしろまりねえちゃんの死にあたりひさしぶりに上京していろいろな手つづきとかしていそがしかった反どうでテンションがあがってるみたいでした。このころ東京とか都会ではおかねがなくて医りょうをうけられなかったひとがすこしはやいじゅ命をむかえてつぎつぎ死んでいくから火そうの予約がどこもいっぱいになってて一か月まちとかもざら、さやねえちゃんはそういうこまってるひと向けのサービスを利用してまりねえちゃんの体を別のとおい県までもっていって火そうしたみたいでした。いきてる人間は仮そう空かん、死んだ人間は火そう空かん。骨になったまりねえちゃんは東京にもどってきてさやねえちゃんがここでいっかってきめた納こつ堂にはいって、お参りしたいときは今みたいに仮想空間にアクセスすれば遠くに住んでてもいつでも行けるんだ〜ってうさぎさんがいいます。わたしがさやねえちゃん大丈夫？ってきくと、

なにが？ぜ〜んぜん。ひさしぶりの東京すごかったよぉ、ライトレールって知ってる？路面電車みたいなんだけど新幹線みたいに速いしガタガタしなくて快適なの、それがいっぱいはしってて山手線みたいな電車なんかは逆にもうなくて、ライトレール、こっちではまだ全然普及してないっていうか人がいなくなりすぎてこれからも普及はしないだろうから、やっぱり東京はすごいよねえ〜。

っていろいろおはなししてくれたんだけどほんとうは大丈夫でなくしばらくしてさやねえちゃんは、わたしとはなしてるとちゅうで急にないたりおちこんだりするようになりました。まりねえちゃんがしんでかなしいの半分、いつか自分も死ぬのがこわくなったの半分みたいでした。さやねえちゃんはあんたはいいなあ、あたしも融合手術うければよかったなあって、あるときはじめていいました。

まあさすがにそんなお金なかったし、おとうさんだってきっとあたしには出してくれなかったと思うけどさ。

大丈夫だよ、さやねえちゃんもうずっとチップで体内かんりしてるし、なにかあっ

たらシンちゃんがすぐみてくれるんでしょ？それに老化をとめる研きゅうもすすんでるみたいだし、たぶん十年ごとかにはみんな死ななくなるよ、さやねえちゃんまだ六十八才なんだからぜんぜんよゆうだよ、大丈夫だよ死なないよ。

まりねえちゃんだって体内管理してたわよ〜。でも結局、脳出血は起こったわけじゃない、防げなかったわけじゃない。何事も絶対ってないのよ、生きていたらいつか死ぬこと以外。あ〜やだやだ。あんな急に死にたくないなあ。

わたしはさやねえちゃんの自由にはなさせてあげる、くるしいときはなんでもはなして吐きだしたほうがいいからです昔わたしが胃の中にあったものを吐いたみたいに、いまこうやってだれにもはなさなかったことをかいてるみたいに。さやねえちゃんは一、二じかんくらいはなすとすっきりして仮そう空かんからいなくなるけど、またかなしくなったり死がこわくなったらわたしを呼んでくれました。わたしはそれがうれしくってだってわたしはおしゃべりがすきだからおしゃべりができるんならなんだってよかったです。

そしてまりねえちゃんが死んで半年ごにそれはそれはおおきな地しんがおきてしゅ都けんがほぼかい滅し三十二才のシンちゃんが、

予定より少し早いけど、でもふたりで暮らしていくための準備はできたから。

ってわたしの家にきてくれたときはもっともっとうれしかった、だってこれからは仮そう空かんでなくげん実でシンちゃんとおしゃべりしほうだいなのだから。

そうしてわたしたちはこいびと同士として生活することになりそのことをさやねえちゃんにほう告しにいったんだけど、まりねえちゃんの死と大災がいのショックもあわさって彼女は住んでいる海沿いのまちを一ぼうできる展ぼう台からとびおりて、それはどんなにすぐれたチップでも予そくできなかったんでした。

2

二一二三年十二月二十二日、ここは元秋田県能代市、今はシンニッポンと住民たちが呼んでいる場所。ドームが街全体を覆っていて、あらゆる汚染や暑さや湿度から住民たちを守ってくれるので、おそらく地上で唯一人間が安全に暮らせるところです。

でも住民たちは三日後のクリスマスに宇宙へ飛び立ち、人間が住める惑星を目指す旅に出ます。なぜ？　ドームに守られたこの場所でずっと暮らせばいいのでは？　わたしの質問に住民たちはいろいろなことを説明してくれて、計算の結果、気候変動や海面上昇の影響で近い将来、地球は百パーセント人間が住めない星になってしまうらしく、対して最近の調査の結果、地球から約五光年離れたところに人間が住める惑星が見つかり、無事にそこにたどり着ける可能性が五十パーセントほど、住民たちはその五十パーセントに賭けることにしたそうです。船の中で交配し、生命をつなぎながら。怖くないんですか？　わたしは聞きました。もしかしたらその惑星にはたどり着けずに、永遠に宇宙をさまようことになるかもしれないのに。途中で宇宙船が壊れて、みんな死んでしまうかもしれないのに。すると住民のひとり、わたしがここに来てからずっと、わたしの調子をみてくれていたトムラさんという、見た目は女性に見えるひとが微笑んで言いました。

人類のために必要なことですから。いずれ住めなくなる場所に住み続けるのは非合理的です。恐ろしいという感情は、私たちにはありません。

これが新しい人類なんだなあとわたしは感心しました。今だいたい三十才から四十才前後の彼らは全員が体外受精児で医療科学施設の人工子宮内で育ち、生まれてすぐに脳と人工知能の融合が行われて思考は限りなく人工知能寄り、感情に左右されず常に合理的な判断ができて、より良く生きられる人生を追求できるんだそうです。だからあちこちでいろいろな災害があって、政府や公的機関が正常に機能しなくなって、食料も不足して人間の数もどんどん減って、ほとんど終わりかけているこの日本で今日まで街を保ち秩序を守り、かつてこの場所で行われていた宇宙研究の痕跡から技術を結集して宇宙船を造り上げることができた。トムラさんはそう教えてくれました。体も受精卵のときにゲノム編集がされているから、最低でも二百年は若い見た目のまま生きられるんだとか。すごいです。

二週間前、この街にやってきたわたしを排除する案も最初はあったようですが、いろいろな調べのあとで危険がないことがわかると、彼らは快くわたしを迎えてくれました。わたしには自覚がなかったんだけど、汚染された高温の空気内を長く歩き続けたせいで体のあちこちが壊れていたらしく、例の医療科学施設で応急処置をしてもらって、今は施設内の小さな、家具も壁も何もかも白いきれいな部屋に案内してもらって快適に過ごしています。とはいえいずれは新しい体に脳を移したうえで諸々の処置を施さなければ、わたしが動き続けられるのも、長く見積もってあと半年から一年くらいだそうです。そしてそれはこの街でやるにはもう時間がなく、やるとしたら宇宙船の中で、だからわたしも住民たちと一緒に宇宙に行くか行かないか明日、二十三日までに決めなければいけません。

住民たちにとって、わたしはとてもめずらしい存在のようでした。かつて滅びた融合手術を受けた人間の中でおそらく唯一の生き残り、それも九州から歩いてやってきた。住民たちはわたしの話を聞きたがりました。そのスクラップみたいな体で生きているのはどんな感じか、百年前の日本はどんな国だったか、わたしが歩いてきた外の世界は今どうなっているのか。わたしは住民たちに話してあげました。わたしは紙に家族史を書いたとき、人間はいろいろあってもうみんな死んでと書きましたが、それは間違いでした。ここにたどり着くまでわたしは地下に、森に、海辺に独自の小さなコミュニティを築いて生きているひとたちを見てきました。この街が、おそらく現在の日本でもっとも安全だから目指すといい、と教えてくれたのもそのひとたちです。でも彼らはもうまともに体が動かなくて、ただ死を待つばかりでしんどそうだったので、わたしはおしゃべりを聞いてもらうことはしませんでした。だからようやくここにたどり着いて、健康そうな住民たちに出迎えられたときはうれしかった。やっぱりどれだけ喋るように書いても書くは書く、全然違いましたから。わたしは家で書いてきた家族史を持ってきていたので、住民たちに渡しました。それを読んでもらってから、続きを喋ろうと思いました。

でも住民たちは、わたしがどんなふうに生きてきたかにはあまり興味がないようでした。住民たちの生きる目的は、個人のより良い人生の追求と種の存続なので、わたしは今のところそのどちらにも関係がなく、知っても意味がないからだそうです。そんなわたしを助けようとしてくれるのは、あくまで倫理的な観点からで、ここでわたしを見捨てることは、かえって住民たちに悔恨を残す可能性があるそうです。それは秩序の崩壊につながりかねないので、

さんに手を差し伸べるのは、私たちが考える正義を遵守するためです。弱者を助けることは、私たちの最優先事項です。そうすることで、私たちは自分たちのつながりをより強固にできます。言い換えれば、私たちのためでもあるのです。

トムラさんはわたしが聞いたことに全部丁寧に答えてくれます。トムラさんはわたしに、話し相手用のデバイスを支給してくれました。何十年も前に発売された古いやつで、たぶん誰かがこの街ができるときに持ち込んだか何かして、施設の倉庫みたいな場所に眠っていたそうです。ずっと紙に書いていたのを今、わたしはこのデバイスに向けて喋っています。とりあえず記録だけしてもらってるけど、会話モードにしたら立体映像が出てきていろいろ話しかけてくれます。おはようございます、こんにちは、こんばんは、お元気ですか、今日はどんな一日でしたか、明日はどんな一日にしたいですか、好きなものはなんですか、嫌いなものはなんですか、将来の夢はなんですか、おやすみなさい。

でも受け取ったとき、わたしはたぶんがっかりした表情を見せてしまってトムラさ

んが直接わたしの話を聞きに来てくれることになり、この間ほんとうに部屋に来てくれました。トムラさんはいろいろな準備で忙しいのですが、これから仲間になるかもしれないわたしの精神ケアも、仕事のひとつだそうです。全部わたしが思い出して喋って記録してもいいんだけど、部屋があんまり静かだから、なんだかトムラさんの声が聞きたいな。それでさっき端末でこの間の録音とかないですか？　って聞いたらすぐにデータがもらえて、すごいなあ、ここにはなんでもあるんだなって気がします。トムラさんは、この間のことやわたしを思い出したりすることはあるんだろうか、忙しいからないかな。


すみません、大変お待たせいたしました。

あ、トムラさん、こんばんは。

こんばんは。お体の調子はいかがですか。

おかげさまでとてもいいです、ありがとうございます。

それは何よりです。こちらのお部屋の居心地はいかがですか。何か、ご不便をおかけしていることなどありませんか？

大丈夫です。とてもきれいで、居心地のいいお部屋だと思います。わたしなんかのために、ありがとうございます。
とんでもないです。　　さんは、大切なお客様ですから。そしてこれから、私たちの仲間になるかもしれない。

あのときも思ったけど、トムラさんはとてもいい声をしています。芯はあるのにきつくなくて、優しい声です。トムラさんは失礼しますと頭を下げると、部屋にある一人掛け用のソファに座りました。わたしはベッドの上に座っていました。眠る必要はないんだけど、他にすることもなくここからは外の景色も見えないので、ずっとベッドに横になって過ごしていました。部屋はいつも外側から鍵がかかっていて、でもこれは最初にちゃんと説明されたのと、別にわたしもどこかに行きたいとかもなかったので大丈夫でした。

あの、渡した家族史、読んできてくれましたか？
ええ、拝読しました。それで、お話がしたいと伺っていますが。
はい、そうなんです。えっと……。
どういった内容になりますでしょうか？

え？

実の父親から受けた肉体的、精神的虐待によって引き起こされた心的外傷の除去、それともお姉さんを自殺に追いやってしまったことに対する罪悪感、あるいは甥である方と関係を持ってしまったことに対する罪悪感等の解消をご希望でしょうか。あるいは昨今の状況を鑑みて、ご自身のこれからの生き方に関して不安を感じておられる状況でしょうか。必要があれば、カウンセリングのご案内をできればと考えておりま す。もし宗教的な対応、例えば牧師や僧侶による教誨や説法が必要でしたら、簡易的なものではありますが……。

えっと、大丈夫です。カウンセリングも牧師さんも説法もいりません。わたしはただ、おしゃべりさせてもらえればいいので。

といいますと？

わたしは、ただ喋りたいだけなんです。父から、いわゆる肉体的、精神的虐待を受ける前から、わたしはおしゃべりが大好きな人間でした。なので大丈夫です。

なるほど。承知いたしました。

それと、わたしはシンちゃんとは関係を、関係が性的な関係っていうんなら、持っていません。持てませんでした。融合手術を受けたあと、わたしの体はそういうことができなくなったので。

ああ、そうですね。大変失礼いたしました。ご不快な思いをさせて、申し訳ございません。

いえ、全然。そういうわけであの、トムラさんにはただ、そこにいてもらえれば。

相づちとかも、打たないで大丈夫です。わたしは家族史を書いたときみたいに、ばーっと喋るので。

わかりました。それが　　さんの助けになるのなら。差し支えなければ、お話の内容を記録に残してもよろしいですか？

記録。それは、どうして？

コミュニティの安全維持及び有事の際の対応のためです。私たちは日頃から、生体データやあらゆる会話などを、個々人の脳を通じて自動的に管理システムへ記録しております。もちろん前提としてプライバシーは保護され、必要な場合、情報にアクセスできるのは権限を持つごく限られた者のみです。これから　　さんがお話しされた内容が外に漏れることは基本的にありませんので、ご安心いただければと思います。

もちろん、どうしても抵抗がある場合は遠慮なく仰ってください。

あ……えっと、たぶんそれって記録しなくても、トムラさんはずっと覚えていられれますよね。わたしの頭にメモリがあるのと同じで、わたしが喋ったこととか表情も全部。

ええ。ただ、私が今お尋ねしたのは、私が記憶した内容を、管理システム上にも記録して問題がないか、ということです。管理システムは、コミュニティを維持するためにあらゆる情報を一元管理しておりますので、そちらで今回のお話を管理してもよろしいでしょうか？　という意味で、念のためお伺いしておりました。

ああ、なるほど……すみません、わたし馬鹿で。一回で理解できなくて。

いえいえ、とんでもないです。それで、いかがでしょう？

はい、あの、問題ないです。全然。あでも、そうなったら、いろいろ喋ったあと、わたしのことを嫌いになったりは……しないですか？

ご安心ください。私は何かや誰かを好きという感情は抱いても、嫌いだと思うようなことはほとんどありません。より良い人生を追求するうえで、マイナスな感情は基本的に不要なものですから。住民たちも同じです。ただしお話の内容により、　さんがコミュニティの存続を揺るがすような、あまりにも危険な思想をお持ちだとわかった場合は、対応を検討させていただきます。

危険な思想……。

ですが事前に家族史を拝読した限り、その可能性は非常に低いと判断しています。

ああ、そうですね。よくわからないですけど、全然、わたしはそういう……ああでも、わたしはさやねえちゃんを殺しました。直接どうこうしたわけじゃないですけど。あとそれから、わたしはたぶん、シンちゃんの人生も破壊したなあと思います、それは関係を持つよりひどいことです。

傾聴の姿勢に関しての再確認ですが、先ほど　　さんは私に、ただ、そこにいてもらえれば。相づちとかも、打たないで大丈夫です。と仰いました。こちらの指示内容を継続しても問題ありませんか？

はい、お願いします。そのほうがわたしも楽なので。

わかりました。それでは　　さんの好きなようにお話しください。私もこれより、記録を開始いたします。

ありがとうございます。えっと……家族史に書いたのの続きになるんですけど、それでまあ、さやねえちゃんが死んで、あでもいろいろ端折ったから補足するとさやねえちゃんはわたしとシンちゃんが報告に行ったそのときその足で、わーって勢いで展望台まで行って飛び降りたわけじゃなくて、わたしたちにありとあらゆる罵詈雑言を浴びせたあとちょっと落ちついたように見えて、とりあえず今日はもう帰ってって言いました。二〇二四年一月一日にいろいろだめになったお父さんを見たときみたいに、今は何も考えられないって同じ言葉を繰り返して、そうだった、さやねえちゃんはこういう性格だったなってわたしは納得しました。久しぶりに見たアバターでない本物のさやねえちゃんは、六十八才のわりにものすごく老けて見え、目の下のしわが深く刻まれて、顔も体も全体的にたるんで疲れているみたいでした。部屋にはたくさんの薬があり、たぶん睡眠薬とか精神安定剤とか、このとき精神系の病気はもう、薬を一錠飲めば長い時間効果があるようになっててこんなにたくさんあること自体おかしいんだけど、あーこの薬があんまり効かないところはさやねえちゃん、お父さんに似たんだと思いました。

わたしは、言われた通り帰ることにしました。でもシンちゃんはさやねえちゃんにちゃんとわかってもらいたかったみたいで、わたしを家まで送ったあと、また戻ってその晩は海沿いの街に泊まることになりました。シンちゃんはわたしに、

大丈夫、母さんのことはおれに任せて。わかってもらえるように頑張るから。

ってまっすぐな目で話して、わたしを一回抱きしめてからさやねえちゃんのところに戻っていきました。わたしはこのとき、たぶんわかってもらうなんて一生できないだろうなって思ってたんだけど、それ以上は特に何も考えていませんでした。それで

次の日の昼過ぎにシンちゃんから連絡が来て、さやねえちゃんが展望台から飛び降りたって聞いて、急いで海沿いの街に行こうとしたんだけどシンちゃんから、
　ちゃんは来ないで、いろいろややこしくなるかもしれないから。
って言われてそれはそう、いつだってそう。わたしは家の中にいてぼーっとして、シンちゃんはさやねえちゃんが飛び降りたって言ってたけど死んだとは言ってなかった、今ごろ病院で手術とかしてるのかもしれないな、この時代よっぽどのことがない限り、例えば骨が折れたって内臓が破裂したっていろいろやりようがありそうそう死なないんだから、きっと大丈夫なんだろうって思ってました。でも二時間後にまたシンちゃんから連絡があって、
　母さんが死んだ、いろいろやることがあるからしばらくこっちに残る。
って言われて、わたしは意外でした。さやねえちゃん、死んだんだ。展望台って、そんなに高かったのかな。どこもかしこも治せないくらい体がだめな感じになったのかな、血が出すぎてどうにもならなかったのかな、かつてのお母さんみたいに。さやねえちゃん、あんなに死ぬのを怖がってたのに、自殺なんて。いや違うな、わたしが殺したんだ。わたしとシンちゃんが恋人にならなければさやねえちゃんは死なないま、最低でもあと三十年は生きていたはずでした。まあ九州でも地震とか大雨とか洪

水とかいろいろあったから、わかりません。そうした災害で、もう少し早く死んでいたかも。でもあのときではなかったはずでした。

さやねえちゃんに関するすべての手続きを終えて家に帰ってきたシンちゃんは憔悴していて、罪の意識に苛まれていました。わたしの顔を見るのもつらいみたいでした。ごめん、って一言だけ言って、二階の部屋に引きこもってしまって、わたしはこのままシンちゃんがお父さんみたいになったら少し困るな、と思いました。あの、わたしばっかり喋って面白くないですね？

ふと気になったからつい聞いてしまった、だけどトムラさんはわたしが喋り始めた時からなんにも変わらない、うっすらと微笑んだ表情のまま、首を横に振りました。

いいえ、何も問題はありませんよ。続けてください。

ごめんなさい、面白くないのはわたしで。なんでかな、シンちゃんに向かってばーって喋ってたときは、自分ばっかり話してても平気だったのに……あのトムラさん、ご趣味はなんですか？

趣味ですか？

はい。普段、お仕事がないときは何をして過ごしていますか。

地球外生命体の言葉を練習しています。

……え？　それは、その、宇宙人の？

平たく言えばそうなりますね。

いるんですか？　宇宙人って。

この広い宇宙で、いないと考えるほうが不自然ですね。

へえ……その言葉ってことは、もう何か宇宙人のメッセージとかが地球に届いてるってことですか？

それは残念ながら。しかし私たちはこれから実際に宇宙を旅するわけですから、道中で出会うかもしれません。そのときのために練習をしています。

練習ですか。それはどんな？

プログラムが自動的に架空の言語を生み出してくれるので、その構造を解き明かしたり、何を伝えようとしているのか理解し、伝えたいことを表現する練習です。地球外生命体の言葉は、話し言葉や文字に限らず、絵や電気信号、それら複数の組み合わせも考えられます。あらゆるパターンを想定して日々練習をしています。

……へえー。

わたしはトムラさんの言っていることにあまりにも興味がわかなくて、でも、へえー、だけって自分でもちょっとひどい感想だと思います。トムラさんからしたらわたしってすごい馬鹿、宇宙に連れていく価値なしだと思うんだけど、トムラさんはわたしを見下しているような素振りも見せず全然表情も崩さず、少し怖いくらいでした。

それでわたしは、別の質問をすることにしたんでした。

あの、トムラさんは、その、恋人はいますか？　もし答えるのがいやじゃなかったら、よかったら教えてください。

問題ありません。恋人は五人います。

五人。それは……すごいですね。

どういったところがすごいのでしょう？

えっと、多いなって。一般的に？

昔はそうだったかもしれませんね。旧日本時代は、法律で一夫一妻制が定められていたと聞いています。ですが現在、私たちのコミュニティでは平均的な人数かと。

そうなんですか。それは、どうしてそうなったんですか？

愛を制限するのは、愚かなことですから。長い長い人生の中で、ただひとりをパートナーとして暮らしていくのは、そもそも無理があるかと。生殖に関しても完全にコントロールされているため、相手に対して誠実でいられるのであれば、どれだけ恋人の数が増えようと問題はない、むしろ愛する対象が多いことは人生を豊かにし、歓迎すべきことだと私たちは考えています。

へえ……すごい。でもそんなにたくさん恋人がいたら、大変じゃないですか。会う時間とか、どうやって……。

確かに今は宇宙に旅立つ前の準備で少し忙しいですが、事情を話すと全員わかってくれました。彼ら、彼女らとの時間は地球を発ったあとで、ゆっくり取りたいと思っています。

あ……じゃあ今こうやってわたしと話してるせいで、恋人たちとも会えないってことですよね。ごめんなさい、どうしよう。

いえ、　さんは何も気にされる必要はありません。これも仕事ですから。

本当に、話し終わったあとの表情がミリ単位で変わらなかった。機械が、人工知能が顔の筋肉を制御してるのかな？　わたしも笑顔なら同じように浮かべられたけど、やっぱり性能の違いみたいなのがあるなと感じました。トムラさんは、いいひとです。仕事であっても、わたしのおしゃべりをずっと聞いてくれて。わたしは、遠慮なくトムラさんに甘えようと思いました。トムラさんの彼ら彼女ら、恋人たちに心の中で謝ってから。

でもわたしの心って、どこにあるんだろう。

先ほど、わたしはこのままシンちゃんがお父さんみたいになったら少し困るな、と思いました。と仰っていましたね。

ちょっと黙ってしまったわたしにトムラさんは促すように、でも急かす感じでもなくそっと背中を押すような言い方でした。

あ、はい。そうです。お父さんみたいに何もかもどうでもよくなってお風呂とか入らなくなったり、そのまま認知症みたいになったら困るなあって。でも、結論から言ったら大丈夫でした。ずっと部屋の中に引きこもってはいたけど、お風呂には入ってくれたし食事も自分で作って部屋で食べてたみたいでした。ただ、わたしのことはずっと避けてました。だからわたしも気を遣って、シンちゃんの視界に入らないようにしてました。さやねえちゃんが自殺して、原因のわたしを嫌いになったのかなと思ったけどあとから聞いたら、まさか、ってシンちゃんは言いました。まさか、おれがちゃんを嫌いになることなんかないよ、って。あの引きこもりは、要は、シンちゃんなりに喪に服してたということでした。さやねえちゃんが死んでからきっかり一年後、シンちゃんはわたしが家の外で景色を眺めているとやってきて、後ろから抱きしめてくれました。

ごめん。ずっと、ひとりにして。

シンちゃんはそう言って、わたしを抱きしめる腕の力を強くしました。

今日からちゃんと、ふたりで恋人として過ごしたい。　　ちゃんが好きだ、愛してる。

　振り向いたらシンちゃんと目が合って、シンちゃんは顔を近づけてわたしにキスをしてくれました。ふたりでする、はじめてのキスでした。これがわたしたちにできる最大限の恋人らしい触れ合いで、これ以上のことは一生することはありませんでした。そもそもできないのが半分、もう半分は、シンちゃんはさやねえちゃんから、お父さんがわたしに何をしたか聞いていたからでした。男のひとのことがわたしは今でもよくわからないんですけど、つらいんじゃないかなって思ってシンちゃんに、つらくない？　って聞いたことがありました。するとシンちゃんは、つらくない、充分だ、って言ってくれました。

　おれは　　ちゃんがそばにいてくれて、抱きしめたりたまにキスしたり、それで充分すぎるくらいだよ。ずっとずっと、小さいころから　　ちゃんが大好きだったから、何もかも夢みたいだ。

　って。

それからわたしたちは小さな家で仲良く暮らして、ふたりで寄り添って窓から景色を眺めたり、十一月から二月のそこまで暑くない時期は手をつないで外を散歩したり、シンちゃんはわたしの体のメンテナンスのために、二階にある三つの部屋のうち一部屋を丸ごと検査部屋にしてくれて、いろんな装置や道具もそろえてくれて、ときどきそこでわたしの調子をみてくれました。夜になるとシンちゃんと同じベッドに入って抱きしめあって、わたしはシンちゃんの寝顔を見たり心臓の音を聞いたり、ときどきキスをしてわたしからもキスしてあげるとシンちゃんはすごく喜んでくれました。

おれ、今、すごい幸せ。

だからシンちゃんが四十才のとき、シンちゃんが長い間ずっと他の女のひととセックスしてたことがわかったときは、びっくりしました。

新さんは、事前に他の女性とセックスをする許可を取っていなかったのですか？

トムラさんはここではじめて、少し驚いたような声をあげてくれました。わたしは、なんだかうれしくなりました。

はい、そうなんです。相手の女のひとが家に来たときにはじめて知ったので。二倍びっくりでした。

それは不誠実ですね。私たちのコミュニティでは、そういった不誠実な行動は軽蔑されます。信頼を裏切る行為ですから。さぞおつらかったでしょう。

えっと、あとで詳しく話すんですけど、それが全然つらくなかったんです。とにかくそのときはびっくりしたという感じで。

なるほど。確かに驚きが先立つでしょうね。その女性は、何を目的としていたのでしょうか。　さんに、新さんと別れることを要求しに来たのですか？

いいえ、そういうわけでもなくて。最初はなんか、相手の女のひともわたしと話すとか、そういうつもりは全然なかったみたいで。

見てみたかったんです、新の好きなひとがどんなひとなのか。新に聞いても、すごくかわいいひとだよとしか教えてくれなくて。だから一目、見るだけでよかったんです。

その女のひとは太陽の陽に葵でひまりさんという名前で、髪が短くてきりっとした感じのきれいなひとで、陽葵さんはシンちゃんの高校の同級生だったんですけど、シンちゃんとはスクーリングではじめて会って、それからずっとシンちゃんに恋をしていたみたいでした。シンちゃんが医者になるって聞いて、追いかけるように勉強して自分も医者になって同じ病院に就職して、そのころからシンちゃんに誘われてときどきセックスするようになって、だけど勇気を出してちゃんと付き合いたい、結婚したいって言っても好きなひとがいるからって断られ続けて、東京で大きな地震があってシンちゃんが病院をやめて、病院自体も関西に拠点を移したらしいんですけど、ああこれで関係も終わりかって陽葵さんが思っていたら、あるときシンちゃんから、時間あるとき福岡まで来れない？　って連絡がきて、会いに行ったら何事もなかったようにセックスしてしまった。そこからそんなのが何年も続いてやめようって思うんだけど好きだからやめられない、呼ばれたら会いに行ってしまう、でも恋人にはなれない。それで限界になった陽葵さんはいろんな方法を使ってシンちゃんが今いる家と、わたしのことを調べて九州の山奥までやってきたんでした。そんな陽葵さんのことを、わたしはいつもみたいに窓から景色を眺めてて、あれ？　なんかひとがいる、しかもこっちを見てる気がする、もしかしたら引っ越してきたひとかなと思って、迷ったけど外に出て声をかけたんでした。都会が地震とかでだめになって、田舎に移住するひとがこの時期ちょこちょこいたからです。だから当時、シンちゃんは近所のひとたち向けに格安で往診するサービスをしてて、その日もお仕事中だったのでいませんでした。こんにちはー、って声をかけると陽葵さんは驚いたみたいにちょっと後ずさって、でも目はわたしから離さないで、あなたが、と言いました。

あなたが、新の恋人ですか。

え？　あ、はい。わたしは返事をして、もしかしてシンちゃんの知り合いですか？　ごめんなさい、シンちゃん今お仕事中だから、よかったら家に上がって待っててくださいって言って、陽葵さんはためらいつつも来てくれたから、わたしはリビングに案内してお茶を出したりして、家族以外のお客さんなんて新鮮だと思ってわくわくして、それで陽葵さんから長い間シンちゃんとセックスしていた話を聞いたんでした。ちょうどその一か月前にも、呼び出されて福岡で会っていたそうです。確かにあの日は、今日はちょっと遅くなるからってシンちゃん言ってたなと、わたしは思い出しました。新はここで、どんなふうに暮らしているんですか。あなたに、どんなふうに接しているんですか。

陽葵さんに聞かれてわたしは、シンちゃんのことを誰かに喋るのってはじめてだってまた新鮮な気持ちになりながら、さっきトムラさんに言ったのと同じことをわりとそのまま喋りました。喋りながら、変なんですけど、わたしはもしかしたら陽葵さんが、昔一緒にくらげハンターをした女のひとなのかなって思うようになりました。

くらげハンター。それは夢の？

そうです、家族史にも書いてた夢の、人間だったときにみた最後の夢で、くらげが空中に浮いていてみんなの頭に取り付いてくらげにしてしまうから、わたしは誰か女のひとと一緒に大きな瓶を持って街中を歩きながらくらげを吸いこんで捕まえていました。それからわたしはそのひとと美術館に行ってすごく大きな絵をみて、それは森の中でぼんやり光る花に囲まれている洋風な家の絵で、わたしがきれいな絵って言ったら女のひとはまるで友達みたいに笑ってくれてわたしはうれしくて、どうしてそう思ったのかわからないんですけど陽葵さんを見ているうちに、陽葵さんの雰囲気とか顔とかがなんとなくその女のひとに似ているような気がして、わたしは、もしかしてくらげハンターの夢をみたことがありませんか、って聞いてみたかった。陽葵さんはシンちゃんと同い年だから、わたしがその夢をみたときまだ生まれてないか赤ちゃんくらいだって考えればすぐわかることだったんですけど、生まれてなくても赤ちゃんでも夢はみるかもしれないから、夢の中で成長して大人になってることだってあるだろうから、そうだったらわたしは陽葵さんと友達になれるかもと思って、夢と同じようにうれしくなりました。もし陽葵さんと友達になれたら、わたしはもっとおしゃべりしたいな。わたしのことも家族のこともシンちゃんのことも、たくさんたくさん陽葵さんに聞いてもらいたくなりました、そもそもすごく久しぶりにシンちゃん以外のひとと喋れて、それだけでとてもうれしかったんです。

でもわたしがまだシンちゃんのことを喋っている途中で、陽葵さんは長いまつげの下のきれいな目からぽろぽろ涙をこぼしはじめたから、夢のことは聞けませんでした。

新は、本当にあなたのことが好きなんですね。

たった一言で、わたしは陽葵さんがどのくらいシンちゃんを好きか、わかるみたいでした。

えっと、誤解してほしくないんですけど、陽葵さんはすごくいいひとでした。わたしがシンちゃんの叔母であることも、融合手術を受けて人間じゃないのも知っていたのに、いわゆる偏見とかそういうのは、陽葵さんからは一切感じませんでした。

いろいろお話聞かせてくださって、ありがとうございました。お会いできたおかげで諦めがつきました。新が言っていたこともよくわかりました、本当にかわいらしい方だって。

陽葵さんはとっても優しい目で、わたしを見つめました。

新にはもう会いませんので、安心してください。

陽葵さんはエアカーに乗って空を飛んで帰っていって、いつの間に車はこんなに進化したんだ、シンちゃんはさやねえちゃんの形見の車に乗り続けているから、本物のエアカーを見るのははじめてだと思っているうちに夕方になって、シンちゃんが帰ってきました。

ただいま。今日は何してた？

って、いつも答えは同じなのに、いつも楽しそうに聞いてくれるシンちゃんに、今日はね、陽葵さんっていうひとが来たよ、って言ったらシンちゃんは一瞬動きを止めたあと、漫画とかドラマとか映画とかみたいに膝から地面に崩れおちて、過呼吸みたいになって泣き始めました。

それは自分が　　さんを裏切ったことへの後悔からですか？　ならば最初から許可を取れという話なのですが。

トムラさんが、心底呆れたようにわたしに尋ねました。

ええっと……わたしはシンちゃんじゃないんでよくわからないんですけど、でもそうですね。シンちゃんは何度もごめん、ごめんってわたしに謝りました。

ごめん、違うんだ、いや、何も違わないかもしれないけど、でも違う、あいつは全然、好きとかそんなんじゃない、おれが好きなのは　　ちゃんで、いつも手をつないだり抱きしめあったりキスしたりするだけで心から幸せだった、嘘じゃない、本当にそう思っていて、だから不満があったとかじゃなくて、でも時々どうしてもセックスしたいって思うことがあって、そういうときにあいつはちょうどよかった、連絡すればいつでも会いに来たから、でもあいつにそれ以上の感情なんか何もないんだ、だけど本当に本当にごめん、こんなことお願いできる立場じゃないけど、おれのこと嫌いにならないで、おれを捨てないで、本当に苦しいくらい、　ちゃんを愛してるんだ、　ちゃんがいなくなったら、おれは生きていけない、あいつとはもう二度と会わない、だから許して、どうか許してください、お願いします。

わたしは陽葵さんが来たって言っただけで、怒ってるとも謝ってほしいとも許さないとも言ってないのに、シンちゃんがうわーって泣きながら喋るから、たぶんずっとわたしに悪いと思いながら陽葵さんに会ってたんだろうな、ってシンちゃんがかわいそうになるけど、なぜかわたしは、包丁を手に泣いているお父さんを思い出してしまいました。シンちゃんは切れ長だけどはっきりした二重の目と、ゆるく癖のついた髪の毛が特徴的なきれいな男のひとで、お父さんとは全然似てないのにどうして大人の男のひとが泣く姿ってのは迫力があって、せめて小さいころの面影がどこかにあればなって思ったけど見当たらない、陽葵さんの泣く姿はきれいだったのになって思いながら、わたしはシンちゃんを眺めていました。眺めながらやっと、わたしはやっと、わたしはシンちゃんのこと、全然愛していないんだってことがわかったんでした。

どういうことですか？

そう言ったトムラさんの目は、たぶんそれまでで一番驚いていた。まるで得体のしれないものを見るような目をしながら、トムラさんはわたしに尋ねました。

わりとそのままの意味で、わたしはシンちゃんを恋愛的な意味で愛してたわけじゃなかったんです。大事な存在ではありました、だって赤ちゃんのころから知ってて自分で育ててたみたいなときがあったから。結果的にはさやねえちゃんの言ったことが正しくて、抱っこして離乳食あげておむつが汚れてたら替えてお世話してあげてた甥っ子と、恋人になんかなれるわけがなかった。シンちゃんがわたしに向けていたような、陽葵さんがシンちゃんに向けていたような感情が、わたしの中にはなかったんです。陽葵さんからシンちゃんと何度もセックスしてました、って聞いたときにつらくなかったのも傷つかなかったのも、そもそもわたしがシンちゃんのことを、そういう意味で愛していなかったから。シンちゃんが泣きながらすがってくる姿を見たときも、なんにも感じなかったんです。でもそれは全部わたしがした、させたことの結果でした。わたしはそのことにも気がつきました。わたしはたぶんシンちゃんのお世話をしていたときから長い長い時間をかけてずっと、シンちゃんにわたしを愛するよう仕向けていたんです。わたしを失う恐れだけであんなに泣くくらいに、愛しすぎて震えるくらいに。愛を通り越してあれは、もう別の何かだったかもしれません。融合技術が、二十五才から永遠に変わることのないこの見た目が、手助けしてくれました。視線とか言葉とか笑顔とかふるまいとか、そういうの全部でシンちゃんがわたしを愛するように、わたしなしじゃいられなくなるように。陽葵さんも言ってくれたし、シンちゃんもわたしに言ってくれた言葉の中で好きの次に多かったのが、かわいい、なんです。お父さんもよく言っていました。わたしはどこかで大人になりそこねてずっと幼いま、そんな自分を自覚してふるまってて、シンちゃんの前では特にそうしてました。それは他人からちゃんと愛されてみたかったから、大切にされるってどんなのだろう？　ってずっとずっとずっと思ってたからです。お父さんからされたのは、あれは虐待と搾取だったから、でも結局わたしはお父さんと同じことをして、シンちゃんから搾取したんです。シンちゃんの人生を破壊した、関係を持つよりひどいことって言ったのはそういうことで、だってわたしがそうやってシンちゃんから搾取しなければ、シンちゃんは陽葵さんと結婚していたかもしれなかったから、シンちゃんが六十才を過ぎたあたりでひまわりを育てるようになって、なおさらそう思いました。ひまわりを見るシンちゃんはどこか懐かしそうで、陽葵さんを思い出しているんだってことはすぐにわかりました。でもあったかもしれない人生を全部わたしが壊したんで、振り返ったシンちゃんはすごく優しく笑ってわたしを抱きしめるんです、

ちゃんは今日も、ずっとずっとかわいいね。

って。

で、話は戻るんですけど、泣き続けるシンちゃんを前にわたしはどうしたらいいかもうわかってて、わたしはシンちゃんを抱きしめて、ごめんねって言いました。わたしがこんな体だから、セックスできなくてごめんね、わたしのせいだね。

そしたらシンちゃんはもっと激しく泣き始めて、
違う、違うよ、おれが悪いの、全部おれが弱かったから、　　　ちゃんにそんなこと言わせてごめん、もう絶対、他の女とセックスしたりしない、約束する、だから本当にごめん、許して、愛してる。

抱きしめてたからシンちゃんからはわたしの表情が見えなくて、助かりました。でも腕をほどいて、涙まみれのシンちゃんにキスしてあげるときはいつもの笑顔を作って、わたしは自分がどんなふうに笑ったらシンちゃんがうれしいか、わたしを愛しいと感じるかよく知っているんです。

わたしも愛してるよ、シンちゃん。

決して同じ意味ではないことを言ったらシンちゃんは泣きながら、ますますわたしにすがりついて、ごめんとありがとうと愛してるを繰り返す、わたしはシンちゃんの背中を子どもにするように撫でて、撫でながらわたしは責任を取らなければいけないと思いました。責任を取って、シンちゃんが死ぬまでそばにいる、同じ感情を抱けなくても恋人同士のふりをする、愛していなくても愛しているふりをする。

そこからシンちゃんが死ぬまでの六十年は簡単であっという間でした、今までと同じことの徹底的な再現、繰り返しだからです、そうするしかできませんでした。時間が経つにつれてわたしには、恋人だけでなく娘のような役割が加わりました、シンちゃんは永遠に若い恋人がいることを喜びながら、ときどきわたしを娘のように扱いました。一度、ひとりで外を散歩中に野生の猿を見つけて、つい近づいて体を咬まれてしまったときは帰ってからものすごく叱られて、これからはあまりひとりで外に出ないようにきつく言われました。シンちゃんが七十才を過ぎるころには、毎朝わたしの髪をシンちゃんがとかしてくれて、結ったり編んだりいろいろなアレンジをしてくれるようになりました。叱ったり諭したりかわいいと愛でたり、シンちゃんはどんなときも楽しそうで、わたしは娘がどんなものかよくわかっているのでこれも再現です。シンちゃんに愛され続けるのは、あたたかくてやわらかい布にくるまれて、永遠に昼寝をしているみたいでそれはそれで心地がよかった、要は何も考えなくてよく、わたしはそうやってシンちゃんの時間を奪い尽くしたんでした。

やがて百才が近づき、いよいよおじいさんになったシンちゃんは、少しずつ体のいろんなところが動かなくなってきて、けど老いと死を受け入れるみたいに特に自分に対して治療はしなくて、最期はわたしの手を握りながらありがとう、幸せだったと何度も言いました。わたしは、思わず本当に？　って聞いてしまいました。

本当に、これで、幸せだったの？

そしたらシンちゃんは何もかもわかってるみたいに微笑んで、
いろんなものを全部ひっくるめて、　　ちゃんはおれの人生そのものだったよ。

そう言って、シンちゃんはしばらくして眠るように死んで、わたしはシンちゃんの死体を庭のひまわりの下に埋めました。風でひまわりが揺れて、揺れるのを見ているだけで何か月も経って、あるときわたしは家族史のことを思い出して、家中に残っていたあらゆる紙を引っぱり出して書き始めたんでした。なんであれやることがあるのは本当にいいことです、でも書いてるうちにどうしても誰かと喋りたくなって、それでわたしは旅に出ることにしたんでした、わたしひとりで書くだけではもう限界だったから。

あの、わたしはずっとこのことを誰かに聞いてみたかった、誰かちゃんとした大人に聞いてみたかったんですけど、お父さんにいろいろされてわたしはすごくいやでした、途中からあきらめていたけどいやだって気持ちはずっとありました、こんな人間にだけはなりたくない見本がすぐそばにあって、当たり前にわたしはそうならないだろうと思っていました、そして融合手術を受けて子どもを作れなくなって本当にほっとしました、自分の体が自分だけのものになったの半分、もう半分はこれで一生ひとの親なんてものにならずに済んだから、でもさやねえちゃんがあの日シンちゃんを連れてきて、シンちゃんは本当にかわいかった、わたしを見るといつだって、どんなときだって笑ってくれて、抱っこするとあんなにも、手まで足まで叩いて喜んだ、子どもは三才までに一生分の親孝行をするって言葉を聞いたことがあるんですけど、わたしはシンちゃんの親じゃなくてもこの言葉の意味がよくわかりました、でもシンちゃんはどんどん大きくなっていつかわたし以外のひとを愛するはずだったのに、プレゼントを必ずふたつあげることで、何があってもシンちゃんの味方でいることで、さみしいときは抱きしめてあげることで、シンちゃんが一番大切だよ大好きだよって何度もささやくことで、自分だけ新ではなくシンちゃんと呼ぶことで、わたしはまるで洗脳するみたいにシンちゃんにわたしを生涯愛するよう仕向けて、シンちゃんの人生を奪ってしまいました、愛させたところでわたしは、シンちゃんの愛に応えられないこともわかっていたのに、どうしてわたしは生まれてきてしまったんだろうとか、今更もう考えたりしないんですけどそれでも思うのは、どうしてわたしはあんなことをしてしまったんだろうということです、お父さんはよくわたしに、お父さんのこと好き？　と聞きました、わたしがお父さん好きだよと言うと、お父さんはとてもとても喜びました、わたしもシンちゃんに同じことを何度も聞きました、

ねえシンちゃん、わたしのこと好き？

子どもから愛情を搾取するなど、一生一生一生やってはいけなかった、そのことはお父さんからされたことを通じてよくわかっていました、でもわたしはシンちゃんに同じことをしてしまいました、そしてより巧妙で悪質なのはわたしのほうでした、シンちゃんからはじめて告白されたとき、わたしはきちんと伝えるべきでした、大人になったら付き合ってください、ってシンちゃんは言ったけれど、シンちゃんが大人になることはないんだよわたしの中で、どうか恋は他のひととして、できるよ君はいつか、必ず他のひとを愛することができるからって、なのにどうして言わなかったんだろう、どうしてこんなことが起こったのかわたしはずっと考えているんです、わたしはあのお父さんという人間に育てられてしまったからなんじゃないかと思っています、虐待をしたり、子どもから愛情を搾取する人間に育てられた人間は、いつか誰かを虐待し、愛情を搾取する人間になる、それは感染症みたいに、呪いにかかるみたいにどんどん伝染してしまうんじゃないかって、でもみんながみんなそうじゃないだろうし、

わたしははじめてシンちゃんに会ったときもう人間じゃなかった？　のに、融合手術を受けていろんなもの、排泄物、血、汗、唾液、涙、わたしのあらゆる体液から、思慮深さ、したたかさ、柔軟さ、大人としてのわたし、あったかもしれない人生までもがわたしから消えていったのに、他人からちゃんと愛されてみたかったっていうのは、どうして消えてくれなかったんでしょうか、残ってしまった人間のままの脳が悪いんでしょうか、せめてシンちゃんへ同じくらい愛情を抱けたらまだよかった、でもどうしてもできなくてそれは結局融合手術を受けたせい？　とも思ったんですけど、たぶんわたしはもともとこういう人間でした、わたしは長い間わたしも含めてみんな死ねばいいのにと思っていました、お父さんもこうにいちゃんもまりねえちゃんもさやねえちゃんも、だからひとりずつ死んでいったときもやっと死んだなと思うだけ、悲しさとかつらさとかは何も感じませんでした、シンちゃんが死んだときだけわたしは今まで経験したことのない感情になりました、でも別に涙が流れるとかもなく、脳だけぱしぱししている感じです。

　長くなっちゃったんですけど人間から人間へ、罹って罹らせて繰り返してしまう何か、自分の力だけではどうしようもない何かが、生まれて生きるの中にあるんでしょうか、わたしにはどうにもできなかったんでしょうか、タイムマシンか何かがあったとして、それに乗って過去に戻ったら、そこにはまだこれから何が起こるかわからないわたしがいて、そんなわたしに今のわたしは、何もできないんでしょうか、わたしはまたシンちゃんに同じことをしてしまうんでしょうか、お父さんという人間に育てられてしまった時点で、避けられないのでしょうか、そうなると全部お父さんのせいにしてしまえて楽ですけど、でも本当に何かなかったんでしょうか、いつか動画で見たことがあるんですけど、将棋では対局のあとに感想戦っていうのがあって、棋士同士がこの局面で何かなかったですかね、って一緒に考えたりすることがあるんです、このとき何かなかったですかね、うーん、って棋士のひとたちは首を傾げながら、たまに観戦記者のひととかが横から、ＡＩはなんとかかっていう手を推奨してましたって言って、そうしたら棋士のひとたちは唸ったり頷いたり、いやあ、その手は人間には指せないですよ、って言ったりして、別に人生は将棋ではないんですけど、それは提示されたところで人間には選べない道かもしれないんですけど、でも何かなかったんでしょうか、トムラさんならわかりませんか、わたしはシンちゃんの人生を奪わないために、どうすればよかったんでしょうか。

新さんに関する記憶を消去するのはいかがでしょうか？

え？

トムラさんがなんでもないことみたいに言うから、わたしはぽかんと口が開いて、きっと間抜けな顔になっていたと思います。トムラさんはあの微笑みを浮かべていて、わたしのことを嫌いになったわけじゃなさそうでした。でもわたしはそれで安心というにはほど遠い気分になりました。

お話を聞かせていただいた結果、そうするのが　　さんにとって一番良いのではないかと判断しました。もちろん無理にとは言いません。ですが　　さんが抱えている問題は、カウンセリングでも解決が難しいものであり、端的に言うと考えても仕方がないものだと思います。残念ながら私たちが持つ技術でも過去に戻り、起こった出来事を変えることはできません。ですから新さんの人生を奪わないためにどうすればよかったのかという問いは、答えを導きだそうとすること自体あまり意味がありません。大切なのは　　さんがこれからより良く生きていくことであり、私たちは技術面でそのサポートをすることが可能です。過去の経験はすべて学びであり、何か間違いを起こしたあとで反省することは、同じ過ちを繰り返さないよう、前に進むために大切なことではあります。ですがいつまでも後悔し続けて、自らを苦しめるようでは本末転倒です。　　さんはもう充分苦しみました。自分を許し、忘れることは決して悪いことではありません。最優先されるべきは、何より　　さんご自身の幸せです。抵抗があるようなら消去ではなく、調整をすることも可能です。

調整？

はい。　　さんの脳内にあるメモリから記憶を抽出し、必要な調整を加えたうえで新しい脳に反映し、新しい体とともに　　さんにご提供します。例えば新さんが陽葵さんと結婚し、　　さんとはあくまで叔母と甥として良好な関係を築いていたというふうに。ご希望があればお母さんの死も、父親からの虐待も、お兄さんやお姉さんたちとの不和も、適切に調整いたします。ご家族の記憶をすべて消去されたいとのことでしたら、まったく別の記憶を生成いたします。どういった方向性でも、矛盾や混乱のないよう細心の注意を払って調整を行いますので、安心していただければと思います。

それは……それは、いいことなんでしょうか、わたしはそんなふうに、何もかも忘れて、自分だけ幸せになっていいんでしょうか？

もちろんです。幸せになってはいけないひとなどこの世にいません。私たちが持つあらゆるテクノロジーは、私たち全員を幸せにするために存在します。私たちが　　さんに提供する新しい脳は、悲しみは最小限に、喜びは最大限に感じさせてくれることでしょう。調整は強制ではなく、あくまでご提案です。しかし以前もお伝えしたように、このままでは　さんの体はいずれ動けなくなってしまいます。そのため新しい体に脳を移したうえで、様々な処置を行わなければなりません。その際若干ではありますが、元々の記憶が消えてしまう可能性があります。その場合は大変恐れ入りますが、こちらで調整した記憶を反映させていただきます。そしてもうお分かりかと思いますが、今後私たちのコミュニティで生活していただくにあたって、脳と人工知能との融合は必須です。この二点につきまして、あらかじめご了承いただければと思っております。

トムラさんの言葉に、わたしは一〇一年前、融合手術を受けるときに書いた同意書を思い出しました。今回、死ぬかもしれないのはわたしの記憶みたいです。人工知能と融合したら、思ったり浮かんだり考えたりするのも、これからはきっと違う感じになっていくんだろう。

もし私たちのコミュニティに加わっていただけるのであれば、私たちは全力で　さんが幸せな人生を送れるようサポートいたします。これまで経験されたようなつらい思いは二度とさせないと、コミュニティの誇りにかけてお約束します。

トムラさんの話を聞き終わってから、少し考えさせてもらえますか？　と尋ねるとトムラさんは、ええ、もちろんです、と快く頷いてくれました。二十三日までにご意向をお伺いできましたら幸いです、とトムラさんが言って、わかりました、ありがとうございました、とわたしがお礼を言って、いえこちらこそありがとうございました、では失礼します、とトムラさんが言って。

それからトムラさんは一回も振り返らずに部屋を出て行って、扉が閉まったら鍵がかけられました。わたしはなんだか頭がぼんやりして、そんなはずないのにすごく疲れたような気がしてベッドに横になり、トムラさんに喋ったこと、トムラさんが話してくれたことを反芻しながら、どうせ眠れないのに目を閉じました。

すると、わたしは久しぶりに夢をみました。本当ならみるはずがない、それはいってみればわたしの頭の壊れかけた機械が起こしたバグみたいなものだったのかもしれません。それとも何か、トムラさんと話して何か、影響を受けたのかな。目を閉じていたはずのわたしは気がつくと知らない街にいて、手に大きな瓶を持っていて、空中に漂うくらげを捕まえながら歩いていました。隣には知らない女のひとがいて、わたしたちは美術館に行って絵を見て、わたしがきれいな絵と言うと、隣の女のひとは笑い、そのひとを見ると、それはわたしでした。わたしはわたしと見つめあい、そして夢には続きがありました。

やがて夢の世界は遠のき目の前が真っ暗になって、いつの間にか元の部屋に戻っていました。わたしはベッドに横たわったままの姿勢で、部屋は静かでした。それから今日まで誰かが訪れてくるようなこともなく、部屋はずっと静かなまま、夢はそれからみることはなくて、だけどこうしている今も、わたしはあの夢についてずっと考え続けています。

3

じんせいでたったひとつでいいから、わたしはまちがってなかったっておもうことがしたいな。

ブレンダンさんがむかし、えいがでいったセリフはいま、ちょっとアレンジされてわたしのこえにのって、でもつぶやきだからくうきちゅうにとけていって、こうやってしゃべりつづけても、まわりにはだれもいないから、わたしにしかきこえません。いまは、じゅうにがつにじゅうろくにち、ここは、にほんのどこかのあれの。そらをみあげれば、ほしがきらきらしている。トムラさんたちがのったうちゅうせんも、ずいぶんまえに、ほしにまぎれてみえなくなりました。うちゅうせんはきれいで、むかしのロケットとはちがってあんまりけむりとかもでない、かんきょうにやさしいやつだそうです。

トムラさんは、ほんとうにいいのですか？ってわたしにたずねました。みっかまえに、わたしはへやにきたトムラさんに、うちゅうせんにはのりません、ちきゅうにのこりますっていったので、トムラさんはちょっとだけまゆげをうごかして、りゆうをおうかがいしてもよろしいでしょうか？とたずねました。わたしはなにを、どこからはなしたらいいんだろうとまよって、でもきっとこれが、トムラさんとはなすのはさいごだから、いままでずっとそうしてきたみたいに、あたまにうかんだことからばーっとはなしました。それが、さっきつぶやいたことばでした。

じんせいでたったひとつでいいから、わたしはまちがってなかったっておもうことがしたいんです。わたしはこのあいだ、トムラさんからしあわせになっていいと、しあわせになってはいけないひとなどこのよにいません、そういわれて、とてもうれしかった、ありがたかったです。じぶんをゆるして、わすれることって、これからいきていくには、とってもたいせつなことだとおもいます。そうじゃないと、ひとはいきていけないから。でも、わたしはもう、あんまりいきていたいとおもわない、からだがこわれてだめになってゆくなら、それにまかせたいなとおもっています。できれば、これからシンちゃんとくらしたいえにもどって、ひまわりのしたでうごかなくなりたいですけど、まにあわないならそれはそれでも。

それが、　　さんにとってほんとうに、まちがってなかったとおもえることなのですか？わたしには、　　さんがじぼうじきになっているように、きこえるのですが。

トムラさんはしずかに、わたしをみつめました。わたしはきっと、トムラさんならそういうだろうなあとおもっていました。どうやったら、つたわるんだろう。どうやったら、わかってもらえるかな？いっそもう、うちゅうにいくのがこわいからとか、てきとうなりゆうでごまかしちゃおうかな、そうおもったんですけど、トムラさんはいままでわたしにしんけんにむきあってくれて、こんなふうにせっしてくれたひとは、ほかにいなかったから、へたでもなんでもおもっていることを、ぜんぶいいたいとおもいました。ここでなにか、トムラさんとのあいだにひとつでも、つみかさねることができたらいいな。ながせせんせいにくらべたらちっぽけだけど、あのゆめをみておもったこと、うかんだこと、かんがえて、かんがえて、かんがえたこと、ことばにするどりょくを、いまじぶんなりにしたいな。

ごめんなさい、いいかたがわるかったです。いきていたいとおもわないといったのは、はんぶんほんしんですが、もうはんぶんは、みつめたいとおもっているのです。

わたしはシンちゃんとのおもいでや、じぶんがやってきたこと、やってしまったことのすべてを、みつめたいとおもっています。

さんはもうじゅうぶん、あらたさんのことにも、ごじしんのことにもむきあわれたと、わたしはかんがえますが。

ええっと、むきあうとみつめるは、わたしのなかでじゃっかん、ちがうんです。わたしは、たぶんもう、むきあってどうとかは、そういうのはできない。っていうのも、じつはこのあいだゆめをみて、わたしがどうしたらよかったのかは、ちゃんとわかったからです。

ゆめ？

はい、ゆめっていうかバグっていうか、なんだかよくわからないんですけど、みたんです。トムラさんにもおはなしした、くらげハンターのゆめを。わたしはこのあいだ、ゆめでいっしょにいたおんなのひとは、もしかしてひまりさんなんじゃないかと、そうおはなししました。でも、じつは、ちがったんです。いっしょにいたのは、わたしでした。もうひとりの、わたしだったんです。そして、ゆめにはつづきがあって、わたしはわたしのてをひくと、びじゅつかんをでて、えいがかんにいき、むかしすごいなあっておもったブレンダンさんのえんぎをみました。そして、そこはやがてコンサートかいじょうになって、アスノヨゾラしょうかいはんっていう、わたしのだいすきなうたを、イアというソフトが、うたっていました。わたしはもうほんとうに、しきがちかいんだとおもいます。いろんなところが、こわれかけてるんだとおもいます。あれはたぶん、ほぼげんかくみたいなもので、びっくりしたんですけど、でもわかったのは、わたしはもし、タイムマシンにのって、かこにもどれるとしたら、ゆうごうしゅじゅつをうけて、ふくおかのびょういんをたいいんしたあのひ、おとうさんにつれられて、やまおくのいえにかえろうとするわたしのまえにあらわれて、そのままわたしのてをとり、にげだします。それが、いまのわたしにできることだとわかったんです。もっとちゃんといえば、わたしはあのとき、にんげんじゃなくなったきねんに、すべてをすててどこかにいくべきでした。かぞくも、こきょうも、なにもかもすてて、どうせにんげんであることすら、すてたのだから、うまれてきたシンちゃんのことなんかしらないで、だれのおせわとかケアとかも、ぜんぜんするひつようなくて、シンちゃんにあいさせるよりもわたしは、わたしのすきにいきていけばよかった、どこへでもどこまでも、できるだけとおくへ、いろんなところをたびしていきていくほうが、ぜったいぜったい、たのしいじんせいだった。じっさいに、このばしょまであるいてきたのは、ほんとうにたのしかった、だれもきずつけないいきずつかない、ただしらないけしきがいっぱいあっておもしろい、いけるとこがふえるのはできることがふえることなんで、わたしはあるきながら、なんかじぶんがひろがるかんじがしました。わたしがあんなふうにシンちゃんをしばりつけなければ、シンちゃんじしんもひろがったでしょう、そっちのほうが、きっとおたがいのためでした。

でもとうじのわたしは、そんなことおもいもしなかったから、だからもしタイムマシンがあったら、わたしはそれにのり、かつてのわたしのまえにあらわれます、それでてをとり、どこかへにげて、ふたりでたのしいことをいろいろするんです、すきなおんがくをいっしょにきいたり、きれいなものやすごいもの、しらないものをたくさんみたり、あとはしょうぎとか。わたしたちはあいがかりがすきだから、ひしゃさきのふが、にすじとはちすじのまんなかで、しずかにたたずんでいる、たたかいはたたかいでもせんそうじゃないから、ばくだんとかがとつぜんばくはつしたりしないし、しょうぎばんのうえでは、さいがいはおこらないから、なみにさらわれたり、がれきがふってきたりしなくて、へいわです。しょうぎにあきたら、またいろんなところをたびして、いつかおとなになったシンちゃんとまちなかですれちがっても、おたがいにきづかないまま、さっていければいい。

だけどいま、タイムマシンはないから、けっきょくかこはかえられない、わたしはシンちゃんのじんせいをうばった、そのじじつをみつめながら、すごしていくしかありません。あれこれかんがえるのではなく、ただみつめるんです。じぶんをゆるしていいと、トムラさんはいいましたが、わたしのばあいはたぶん、じぶんをゆるさないことでしか、ほんとうのいみで、じぶんをゆるせないんです。わたしはいままでにも、わたしはそこまで、わるいことをしたわけではなかったんでは？とおもうことが、なんかいもなんかいもありました。じっさいにシンちゃんは、しあわせだったといいながら、しんでいったのだし。でもやっぱりわたしは、このよでわたしだけは、わたしがやったことを、きちんとみつめなければいけないとおもうんです。もしもきおくをけして、なにもかもわすれてしあわせになろうとしたなら、わたしはいよいよ、じぶんをきらいになるでしょう、わたしはこれいじょう、じぶんをきらいになりたくないんです。くらげハンターのゆめであったひとが、ほかのだれでもないわたしだったのは、きっとわたしをすくえるのは、わたししかいなかったからなんです。わたしはわたしのかんがえでうごき、わたしはわたしがみた、きいた、かんじたことでできていて、わたしをかえられるのも、わたししかいないから。そういういみで、わたしはやっぱり、シンちゃんにすくいをもとめてはいけなかったんです、そしてどんなテクノロジーもおなじように、わたしをすくうことはできないとおもいます。もっとはやく、きづいていればよかったなあっておもいます。タイムマシンがないから、あのときのわたしをすくいにいくことはできないけど、せめてできることとして、わたしはいまと、これからうごけなくなるまでのわたしをすくいたい、じんせいでたったひとつでいいから、わたしはまちがっていなかったとおもえることをすることで。だからごめんなさい、いっしょにうちゅうにはいけません、いままでわたしによくしてくださって、ありがとうございました。

あたまをさげる、そのうごきだけでからだがきしむかんじがして、おもっていたよりはやく、うごけなくなるかもしれないなとよかんしながら、トムラさんをみると、トムラさんは、なんかいままででいちばんかわいかった、きょとんとして、ちょっとこどもみたいにみえました。たぶん、あんまりうまくつたえられなかったな、でもいいたいことは、いえたとおもっていると、トムラさんはふうっといきをはいて、わたしをみつめました。

すみません、よくわかりませんでした。

あ、なんか、なつかしいことば。トムラさんも、こんなことをいうんだなあ。そんなことをおもっていると、でもやっぱりトムラさんはわたしとはちがって、こうつづけました。

ただ、いまのおはなしで、　　　さんをこれいじょう、せっとくすることはできないとはんだんしました。テクノロジーが、　　　さんをすくうことはできないとおっしゃったことについて、わたしはひていと、はんろんをしなければなりません。そのしゅちょうを、みとめることはできません。コミュニティのこんかんにかかわるからです。ですがいま、わたしはあらゆるちしきをもってしても、すぐにははんろんのことばをみつけることができません。それがなぜなのかも、わかりません。このけんは、できればもちかえってけんとうさせていただきたいのですが、そのじかんもありません。よって、たいへんざんねんではありますが、　　　さんのごいこうについて、しょうちしました。こちらこそ、ありがとうございました。どうぞ、おげんきで。

たぶんあのときが、わたしのじんせいでいちばんうれしかったかもしれないな、そうおもいます。つたわらなくても、なにかコミュニケーションができたきがして、わたしはもうすこしだけ、トムラさんといっしょにいたいようなきがしました。けれど、わたしたちはあくしゅをして、それでおわりました。わたしはまちのそとにでて、うちゅうせんがとびたつのを、はなれたところからみまもりました。トムラさん、どうぞあなたもおげんきで、どうかトムラさんたちが、ぶじにあたらしいほしにたどりついて、いきのびられますように。きこえなくてもおいのりして、いまはよあけまえ、だけどゆうやけのようにそらがあかくそまり、ほんとうのところ、あさなのかゆうがたなのかわからなくなるような、とてもきれいなけしきがひろがっています。

じつは、ひとつだけトムラさんにうそをつきました。わたしは、もう、あのいえにかえるつもりはなく、これからからだがうごかなくなるまで、いろんなところをたびしてみようとおもっています。どこにいくかは、きまっていませんし、きぶんしだいです。なにもかもまにあわなかったんだけど、さいごにわたしは、わたしでしあわせになりたいな。トムラさんにいろいろはなしたことはまだ、きじょうのくうろんかもしれないところがあって、じぶんでもたしかめてみたいから、だれかにあいされるよりもいいことはあるって、きっとどこかにみつかるって。ただ、さっきトムラさんとはなして、やっぱりわたしはおしゃべりがすきだから、だれかとおしゃべりしながらいけたらもっといいだろうけど、それもなんとか、わたしだけでもやっていけたらいいな。そして、こころうごかされるものを、たくさんみつけられたらいいな。いつかうんよく、またどこかでだれかとあったら、そのときはともだちになりたいな、たぶんともだちがいちばんいいな、かぞくよりもこいびとよりも、たいせつにできるとおもう。でもまずは、わたしはわたしと、ちゃんとともだちになるところから。

シンちゃん、いいえ、あらたさん。

はじめてこうやってよぶね。もっとはやく、こうしてればよかった。

あらたさん、いままでほんとうに、ごめんなさい。

わたしはあらたさんにしてしまったことをみつめながら、さいごのさいごまで、いきてゆきます。

でも、わたしとたくさんおしゃべりしてくれたこと、ほんとうにありがとうございました。

それじゃあね。

本書は、第十一回ハヤカワSFコンテスト特別賞受賞作『ここはすべての夜明けまえ』を、単行本化にあたり、加筆修正したものです。

装幀　名久井直子
装画　北澤平祐

ここはすべての夜明《よあ》けまえ

二〇二四年三月　十　日　印刷
二〇二四年三月十五日　発行

著者　間《ま》宮《みや》改《か》衣《い》
発行者　早川　浩
発行所　株式会社　早川書房
郵便番号　一〇一 - 〇〇四六
東京都千代田区神田多町二ノ二
電話　〇三 - 三二五二 - 三一一一
振替　〇〇一六〇 - 三 - 四七七九九
https://www.hayakawa-online.co.jp
定価はカバーに表示してあります
Printed and bound in Japan

印刷・星野精版印刷株式会社　製本・大口製本印刷株式会社
ISBN978-4-15-210314-7 C0093
JASRAC 出 2400229-401